KB123685

로크미디어가
유혹하는
재미있는 세상
ROK
MEDIA
로크미디어

야산에
묻혀버렸더니

야산에 묻혀 버렸더니 2

2023년 6월 5일 초판 1쇄 인쇄
2023년 6월 9일 초판 1쇄 발행

지은이 소수림
발행인 강준규

기획 이기헌 왕소현 임동관 박경무 강민구 조익현
책임편집 천기덕
마케팅지원 이원선

발행처 (주)로크미디어
출판등록 2003년 3월 24일
주소 서울시 마포구 마포대로 45 일진빌딩 6층
Tel (02)3273-5135 **Fax** (02)3273-5134
홈페이지 rokmedia.com **E-mail** rokmedia@empas.com

값 9,000원

ISBN 979-11-408-1160-1 (2권)
ISBN 979-11-408-1158-8 04810 (세트)

작가와의 협의에 의해 인지는 생략합니다.
잘못된 책은 구입처에서 바꾸어 드립니다.

야산에 묻혀버렸더니

소수림 현대 판타지 장편소설

UTOPiA

CONTENTS

그에게 USB를 넘겼다

저택 지하 연구실.

그곳에 도착하자 구민재는 자신이 만든 향수를 다소 멋쩍은 기색으로 석기에게 내밀었다.

"이것이 제가 만든 향수 샘플입니다."

"시판하려면 향수를 담을 용기 제작도 신경을 써야겠군요."

"그래야 할 겁니다."

"향수 명칭을 릴렉스라고 하셨죠?"

"네, 향수를 뿌리면 이상하게 마음이 편안해지고 진정이 되는 기분이 들어서 그렇게 정하긴 했는데…… 대표님께서 다른 좋은 이름이 있으면 다시 정하셔도 됩니다."

“아뇨, 저도 릴렉스란 이름이 마음에 듭니다.”

작은 유리병에 담긴 액체.

색깔이 없는 투명한 액체의 상태였다.

순간 블루의 음성이 들렸다.

[성수를 가공하여 향수를 만들 생각을 하다니 재미있는 인간입니다.]

‘이것이 성수를 가공하여 추출한 향수라고?’

[그렇습니다. 마스터께서 저 인간에게 비누를 제조하도록 3일짜리 성수를 주시지 않았습니까?]

‘맞아. 그래도 성수에 다른 첨가물을 넣어서 향수를 만들었을 거라고 생각했는데…… 그렇다면 이건 순수한 성수의 향기?’

역시 구민재다웠다.

성수만으로 향수를 만들 생각을 하다니 말이다.

하긴 물을 성수로 전환시키면 특유의 향이 났다.

말로 표현하기는 어려운 신비로운 청아한 향기.

인위적인 향이 아니라 그건 자연에 가까운 향이 아닐까 싶기도 했다.

게다가 구민재에게 비누 제작을 위해 처음에 준 성수는 3일짜리였기에, 예민한 구민재의 코가 그걸 간과했을 리는 없을 터.

그래서 거기에 힌트를 얻어 성수를 가공하여 향수를 만들었던 모양이다.

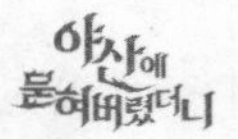

칙!

석기가 향수 뚜껑을 열어 살짝 소매 끝에 뿌려 보았다.

성수를 가공하여 만든 향수답게 신비로운 청아한 향기가 더욱 상쾌하게 다가왔다.

향기를 맡자 마음이 한없이 편안해지며 세상이 아름답게 여겨졌다.

역시 성수를 이용한 향수답게 금방 심신의 정화에 효과가 있음을 알 수 있었다.

'한번 성수로 만든 향수를 사용하게 된다면 이 향수의 매력에서 쉽게 벗어나지 못하겠군.'

석기는 지금의 순간을 영원히 유지하고 싶을 정도로 평온한 감정이 너무 마음에 들었다.

세상의 어떤 근심 걱정도 없이 자유로운 영혼이 된 기분이다.

마약과 같았다.

물론 마약은 중독성이 있고 정신에 해를 가하지만, 성수는 오히려 사람에게 도움이 될 터.

향수를 세간에 출시한다면 엄청난 반응이 올 것이라 예상되었다.

한편으론 3일짜리가 이 정도라면 더욱 높은 단계의 성수로 향수를 만드는 것은 피하는 것이 좋았다.

"릴렉스란 이름이 잘 어울리네요. 스트레스에 취약한 이들이나 분노 조절 장애가 있는 이들에게 상당히 효과적일 듯 싶습니다. 이런 평화로운 기분이라니."

박창수도 향수를 소매 끝에 살짝 뿌리곤 대박을 외치며 감격한 기색을 감추지 못했다.

눈을 감고 여운을 즐기는 박창수를 웃으며 쳐다봤던 석기가 다시 구민재에게 고개를 돌렸다.

"혹시 향에 대한 지속력은 실험해 보셨나요?"

"이틀 정도 똑같은 향기를 유지해 주더군요."

"이틀 정도면 지속력이 정말 강한 편이네요. 성수를 이용한 향수라 향이 오래 지속된다고 해도 거부감은 들지 않을 테니 안심이고요."

"맞습니다. 더구나 향수의 최대 장점은 사람에게서 풍기는 악취를 자연스럽게 제거해 주어 심신 정화 효과에 아주 우수하다는 점입니다."

"악취를 제거해 준다고요?"

하긴 향수를 사용하는 목적 중에 대부분 사람들은 몸에서 나는 악취를 향수로 가릴 목적으로 향수를 사용하기도 했다.

물론 간혹 악취를 덮는답시고 향수로 도배를 하다시피 뿌려서 눈살을 찌푸리게 만드는 사람도 종종 있기는 했지만.

"그렇습니다. 향수의 향이 크게 강한 것은 아닌데도 인간의 몸에서 흘러나온 악취를 사라지게 만들어 주니 신기한 일이죠. 게다가 향수를 사용하면 대표님도 느끼셨겠지만 전혀 인위적이지 않은, 마치 청량한 자연 속에 들어앉은 그런 기분을 들게 해 준다는 점이죠."

구민재의 말에 석기가 웃으며 고개를 끄덕여 주었다.

다시 한번 생각해도 정말 대단한 사람이었다.

성수를 추출하여 향수를 만들 생각을 하다니.

"그렇다면 향수도 비누처럼 성수 비율을 조정하여 3호까지 출시하면 되겠군요."

"성수의 비율이 낮으면 효과가 다소 떨어지긴 하겠지만, 반대로 가격이 낮춰질 테니 나름대로 메리트가 있을 것이라 봅니다."

"향수 용기 제작을 서둘러야겠군요."

석기는 가슴이 두근거렸다.

명성화장품과 갤로리아 입점을 놓고 대결을 하게 된 상황이다.

준비 기간으로 다행히 2개월의 여유가 있는 상황이니, 그 안에 비누와 향수를 제작한다면 충분히 승산이 있을 것이라 생각했다.

"향수 가격은 어떻게 정할 거야?"

박창수의 질문에 석기가 잠시 생각에 잠겼다.

유토피아에서 출시될 연예인 비누는 최고 비싼 것이 300만 원으로 책정할 계획이었다.

하지만 향수는 사람의 몸에서 나는 악취를 제거해 주는

기능을 비롯하여 스트레스를 막아 주는 심신 정화 효과까지 있으니 고액의 상품으로 판매해도 충분히 통할 것이라 생각했다.

그렇다고 너무 고액으로 판매하면 대중에 외면을 받을 수도 있으니…….

3일짜리 성수로 제조된 향수는 500만 원 정도로, 2일짜리는 300만 원으로, 1일짜리로 만든 향수는 100만 원 선으로 판매하는 것이 좋겠다는 판단이 섰다.

"향수 가격은 〈릴렉스 1호〉는 500만 원! 〈릴렉스 2호〉는 300만 원! 〈릴렉스 3호〉는 100만 원을 받을 생각이야. 혹시 가격에 문제가 있을 것 같으면 지금 말해. 향수가 출시되면 가격대를 다시 조정하기는 어려운 일이니까 말이지."

"흐음! 난 가격 괜찮은데? 적어도 향수는 비누보다 뭔가 고급스러운 느낌이잖아. 게다가 향수의 뛰어난 효능을 생각하면 솔직히 그 정도 가격도 저렴한 편이지. 안 그래요, 구민재 씨?"

"저도 대표님이 말씀하신 가격이 딱 적당하다고 봅니다."

박창수와 구민재는 석기가 정한 향수 가격을 마음에 들어 했다.

석기가 다시 말했다.

"비록 유토피아에서 출시될 제품이 명성에 비해 품목 수는 적지만 고가의 가격대니 입소문만 제대로 난다면 충분히 승산이 있다고 생각해."

"그렇긴 한데. 우리가 갤로리아에 입점하게 되면 3개월 동안의 판매 실적을 갖고 명성과 대결을 한다고 했잖아."

"그래."

"하지만 만일 명성에서 판매 실적에 수작을 부린다면?"

"수작? 사재기 말인가?"

"응, 오장환 회장은 우리를 갤로리아에서 쫓아내려고 치사한 수작을 쓸 것이 안 봐도 비디오야. 지인들을 통해 사재기를 해서 판매 실적을 부풀리고자 할 거야."

박창수의 우려에 석기가 빙그레 웃었다.

"그 점은 걱정하지 않아도 될 거야. 서연정 여사님 성격에 오장환 회장에게 대책 없이 그런 제안을 했을 리는 절대 없을 테니까. 아마 잘은 몰라도 대결이 시작되면 갤로리아에서 양쪽 매장에서 판매한 3개월 동안의 수익을 놓고 철저하게 분석과 조사를 하게 될 거라고 믿어. 갤로리아에 강한 자부심을 갖고 계신 여사님일 테니 허투루 경쟁을 제안하지 않았을 거야."

"그렇다면 안심이네."

"그러게요."

그때 간식을 챙겨온 구 노인.

이들이 나누는 대화 내용을 들었던지 가져온 간식을 근처의 테이블에 내려놓고는 다시 밖으로 나가 서연정과 통화를 나눴다.

구 노인이야 당연히 석기 편이었기에, 조금이라도 그에게 도움이 되고 싶은 마음이었다.

해서 구 노인은 서연정에게 조금 전에 석기가 했던 말을 언급하면서 명성과 부디 공정한 대결이 될 수 있도록 당부했다.

⊛

저녁 무렵.

석기는 서연정의 연락에 갤로리아를 방문하게 되었다.

갤로리아 입점 계약서 작성도 필요했고, 명성과의 대결에 필요한 서류 작성도 필요해서 석기를 부른 모양이었다.

그곳에 오장환 회장도 도착했다.

한때 명성기업의 평사원으로 근무했던 석기를 이렇게 같은 대표 자격으로 보아서인지, 오장환은 불쾌한 기색이 역력한 눈빛으로 석기를 노려봤다.

[버러지 같은 놈! 주제도 모르고 감히 명성에서 배운 알량한 재주만 믿고 화장품과 샘물 사업에 뛰어든 모양인데, 크게 망해서 곡소리를 내게 만들어 주고 말리라!]

오장환의 속마음이 들렸다.

회귀 전에도 석기를 고아에 빽도 없는 존재라고 버러지처

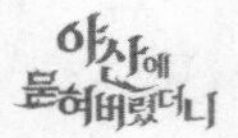

럼 취급하더니 이번에도 마찬가지였다.

상대의 곱지 않은 심보.

거기에 원수나 다름없는 오장환.

마침 서연정이 잠깐 자리를 비운 사이였기에 석기는 속으로 잘되었다고 생각했다.

"오장환 회장님! 명성의 회장 자리에서 쫓겨나셨다고 들었는데, 이곳에 나오신 것을 보니 어떻게 다시 회장 자리를 차지하셨나 봅니다. 하지만 건설과 콘도와 엔터 사업을 접게 되었으니 이제 명성도 화장품과 생물만 남았겠군요."

"허어!"

석기의 도발에 오장환이 어이없다는 듯이 맞은편에 자리한 석기를 멍하니 쳐다봤다.

설마하니 석기가 이렇게 면전에서 오장환을 신랄하게 까버릴 줄은 꿈에도 생각지 못했던 모양이다.

하지만 석기는 그것으로 성이 차지 않는 듯 더욱 조롱하듯이 말을 이어 갔다.

"명성에서 지낼 당시 평사원이었던지라 사실 내가 그곳에서 배운 것이 별로 없답니다. 그럼에도 이렇게 화장품과 생물 사업에 뛰어든 것은 적어도 명성보다는 사업을 잘할 자신이 있어서였죠. 그러니 나중에 사업이 크게 망해서 곡소리를 내지 않으려면 긴장 좀 하셔야 할 겁니다."

"……!"

오장환의 눈빛이 크게 흔들렸다.

어찌 된 것이 그가 속으로 생각한 내용을 마치 직접 들은 사람처럼 곡소리를 언급한 것이니 뭔가 모르게 섬뜩한 기분이 들었다.

하지만 버러지 같은 석기에게 이대로 당할 수 없다는 생각에 오장환이 막 석기를 향해 호통을 치려는데.

“두 분, 기다리게 해서 죄송해요. 준비한 서류에 추가할 사항이 있어서 법무팀과 급히 조율하느라 늦었네요.”

서연정의 등장에 호통을 치려던 오장환은 붉어진 얼굴로 석기를 노려보는 수밖에 없었다.

“왜 그러시죠, 오 회장님? 어디가 불편하신가요?”

“아, 아닙니다. 속이 좀 불편해서요.”

“그럼 소화제를 드릴까요?”

“흠, 흠, 괜찮으니 얼른 계약서나 진행합시다. 내가 워낙 바쁜 사람이라 여기에 오래 있을 시간이 없어요.”

“알겠어요. 신 대표님!”

“네?”

“입점 계약서는 이걸 먼저 처리하고 해도 괜찮겠죠?”

“네, 괜찮습니다. 오장환 회장님이 바쁘시다니 젊은 제가 양보를 해 드려야죠.”

“호호! 인물도 준수하신데 마음씀씀이까지 정말 훌륭하네요. 정말 요즘 젊은이답지 않다니까요. 안 그래요, 오 회장님?"

"크흐흠!"

서연정이 석기를 칭찬하는 태도에 오장환은 속이 부글부글 끓었기에 불편한 헛기침을 흘릴 뿐이었다.

"자! 계약서를 읽어 보시면 알겠지만…… 만일 고의적으로 사재기로 판매 실적을 올릴 경우…… 그것에 대한 대가로 2배의 실적을 판매 실적에서 차감할 생각입니다. 그러니 비겁한 수작을 부리지 않는 편이 좋겠죠. 물론 발각이 나지 않게 감쪽같이 사재기를 할 수도 있겠지만, 참고로 저는 두 분의 대결에 갤로리아의 감사팀을 총동원할 생각입니다. 그러니 정정당당하게 순수 판매 실적으로 대결을 하시는 편이 좋을 겁니다. 다 읽으셨으면 동의한다는 칸에 사인을 해 주시길 바랍니다."

먼저 서류에 사인을 마친 석기가 슬쩍 오장환을 쳐다봤다.

서연정이 이렇게까지 철저하게 준비를 하리라곤 생각지 못했던지 오장환의 낯빛이 똥색으로 변했다.

[빌어먹을! 버러지 같은 저놈의 콧대를 납작하게 눌러 주고자 사재기를 해서 판매 실적을 확 부풀리려고 했더니만.]

역시 오장환다웠다.

비열한 존재답게 판매 실적을 부풀릴 의도로 사재기를 염두에 두고 있었음이 밝혀졌다.

분통을 터트리는 오장환의 모습에 석기는 속으로 쾌재를

불렀다.

“오 회장님! 사인해 주셔야죠? 아니면 지금이라도 대결을 포기하셔도 상관없고요. 대신 세간에 명성이 신생 업체가 두려워서 대결을 포기했다고 소문이 날 수도 있겠네요. 호호호!”

오장환의 속내를 훤히 꿰뚫어 보고 있다는 듯이 서연정이 고혹적인 미소를 머금어 보였다.

❈

집으로 돌아온 오장환.

생각할수록 분통이 터졌다.

한때 명성의 평사원이었던 석기다.

심지어 제물로 천거되기까지 했던 존재.

그런 버러지 같은 석기가 감히 오장환 앞에서 깐죽거리며 건방을 떨어 댄 상황임에도 귀싸대기 한번 날리지 못하고 이렇게 집으로 돌아온 것이다.

거기에 서연정도 대놓고 석기 편을 들었다.

‘그놈에게 반드시 뜨거운 맛을 보여 주고 말리라!’

오장환은 국내에서 명품 백화점으로 입지를 구축하고 있던 갤러리아에 감히 그런 듣보잡 신생 업체 제품이 입점을 한다는 것이 너무 못마땅했다.

게다가 신생 업체 매장의 위치를 하고 많은 자리 중에서 바로 명성화장품 맞은편에 배정을 하게 된다는 것은, 이건 명백히 명성화장품을 무시한 처사나 다름없었다.

한편으론 오장환은 이번에 명성의 회장 자리를 탈환하면서 명성화장품의 파이를 대폭 키울 요량으로 맞은편 매장에다 명성화장품을 확장하려던 계획을 갖고 있었는데, 그것이 석기로 인하여 물거품이 되게 생긴 셈이었다.

'서연정 그것도 그래. 그런 듣보잡 업체를 갤로리아에 입점시키면 명품 백화점의 격이 떨어진다는 것을 모르나.'

오장환은 갑자기 회춘이라도 한 듯이 잔뜩 물이 오른 서연정의 아름다운 얼굴을 떠올리자 절로 입맛을 다시게 되었다.

그동안 서연정의 환심을 사고자 꽃다발이며 온갖 선물 공세를 퍼부어 댔지만 일절 통하지 않았다.

그랬던 서연정이 석기를 배려하는 태도를 보인 것에 오장환은 질투가 나서 참을 수가 없었다.

'서연정도 그놈이 만든 회사의 증정품 비누를 사용했다고 했지? 설마하니 갑자기 물이 오른 피부가 비누 때문에?'

오장환이 핸드폰을 터치했다.

석기의 회사에서 증정품으로 받은 비누를 사용한 누군가 후기 사진을 인터넷에 올렸는데 문제는 그것을 다른 누구도 아닌 서연정이 인정했다는 점이다.

솔직히 오장환에게 까칠한 태도를 보이는 그녀였지만 사

업에 한해선 철저한 스타일이었다.

어쩌면 그녀는 정말 신생 업체에서 만든 제품에서 가능성을 보았기에 갤로리아에 입점을 추진했을 수도 있었다.

'하지만 이걸 나보고 믿으라고?'

오장환은 비누 후기로 올린 비포 앤 애프터 사진을 들여다봤지만 아무리 봐도 사진 조작이 분명했다.

게다가 네티즌들도 오장환과 같은 생각인지 후기 사진에 달린 댓글들은 거의 안티 분위기였다.

'만일 이것이 사실이라면…….'

말이 안 되는 일이긴 했지만 후기로 올린 사진이 정말로 사실일 경우, 서연정이 듣보잡 신생 업체를 갤로리아에 입점을 추진한 것이 어느 정도 이해는 되었다.

게다가 서연정도 신생 업체의 증정품 비누를 보고 효과를 봤다면 절대 가만있지 않았을 것이다.

'그래서 그 애송이가 명성화장품과의 대결을 전혀 겁을 내지 않았던 건가?'

인터넷에 올린 후기가 사실이라면 이건 엄청난 대박 상품이 될 것이 불 보듯이 뻔했다.

그나마 한 가지 위안을 삼자면 유토피아라는 신생 업체는 아직 사업적 기반이 제대로 구축되지 못한 상태라는 점이었다.

반대로 국내에서 명품 화장품으로 알려진 명성이었기에

이미 많은 숫자의 충성 고객들을 확보하고 있다는 것이다.

'직원과 지인들을 통해 사재기로 판매 실적을 부풀리기를 못하게 막는다면 이벤트를 통해 할인 행사에 들어가면 수익을 대폭 올릴 수 있을 것이다.'

하지만 신생 업체의 제품들은 대중에 아직 알려지지 않은 상태라 이벤트를 한다고 해도 그다지 관심을 끌지 못할 터. 게다가 가격대도 명품으로 통하는 우리 명성과는 상대가 되지 못할 테니 판매 실적은 걱정하지 않아도 될 터.

'그깟 비누가 비싸 봤자 10만 원도 되지 못할 테니까. 그에 비해서 우리 명성화장품은 몇 십만 원은 족히 나가고 있으니.'

오장환의 표정에 여유가 생겼다.

서연정이 신생 업체를 두둔하는 분위기를 보인 점은 자못 불쾌하긴 했지만, 이번 기회에 오장환은 명성화장품의 위력을 갤로리아에 확실하게 새겨 줄 필요가 있다고 생각했다.

명품이 괜히 명품이겠는가.

대결에서 신생 업체를 크게 압도하여 국내에서 3대 브랜드에 속하던 명성화장품을 함부로 대한 서연정의 콧대를 눌러 줄 작정이었다.

"다녀왔습니다."

"오늘은 일찍 왔네?"

딸 오세라가 집에 돌아왔다.

그동안 외출을 하면 술이 떡이 되어 새벽에나 들어오던 딸이, 오늘은 웬일로 저녁 9시밖에 되지 않았는데 벌써 집에 돌아온 것이다.

"오늘 술이 안 받는지 얼굴에 트러블이 심하게 일어서 일찍 왔어요."

"허어! 심하긴 하네."

오세라의 얼굴에 붉은 트러블이 잔뜩 일어난 상태였다.

부친 오장환을 닮아 술에 강한 오세라는 아무리 독한 양주를 퍼부어 대도 이제까지 피부에 문제가 생긴 경우는 한 번도 없었기에 오장환도 놀란 눈으로 딸 얼굴을 쳐다봤다.

"방에 올라가서 얼른 씻고 수분 크림으로 피부를 진정시키는 것이 좋겠다."

"이거, 없어지겠죠?"

"명성에서 만든 수분 크림이니 효과가 있을 거야."

"아아, 맞다! 인터넷에 이상한 사기 사진 올라왔던데. 혹시 아빠도 보셨어요?"

"비누 후기 사진 말하는 거냐?"

"맞아요. 그거 완전 웃기죠! 비누 한번 사용한 걸로 트러블이 감쪽같이 사라졌다고 하는데 누가 그 말을 믿겠어요? 듣보잡 신생 업체에서 대중 관심 끌려고 뻥치는 것이 분명해요. 만일 그게 사실이라면 그럼 내 얼굴도 금방 괜찮아질 거 아녜요. 안 그래요?"

“흠흠, 그 비누 얘긴 그만하고 얼른 올라가서 씻도록 해.”

오장환은 갑자기 오세라의 입에서 석기의 회사에서 만든 비누 얘기가 나오자 기분이 불쾌했다.

안 그래도 오늘 석기로 인하여 잔뜩 심기가 편치 않은 상황이기에 말이다.

“아빠! 혹시 거기 회사 사장 알아요? 거기도 화장품 업체라니까 아빠도 알고 있을 듯싶어서요. 알면 궁금해서 그러니 거기 사장보고 비누 좀 갖다 달라고 하세요.”

“뭐라고? 나보고 지금 그놈에게 연락해서 증정품 비누를 달라고 하라고?”

그만 오장환이 버럭하고 말았다.

하지만 오세라는 부친의 반응에 고갤 갸우뚱거렸다.

“그놈이 누군데 그래요?”

“방금 네가 말한 비누, 우리 명성을 다니다가 그만둔 평사원이 차린 신생 업체에서 만든 비누다. 너도 잘 알 거야. 곽부장이 맨 처음에 제물로 천거했던 신석기인지, 구석기인지 하는 놈 말이야.”

“신석기라면…….”

오세라의 눈썹이 꿈틀거렸다.

신석기를 어찌 잊을 수 있을까.

부친 오장환에게는 말하지 않았지만 석기를 꼬드겨 보고자 회사를 찾아갔다가 수모만 당한 그녀였다.

"설마 신생 업체 유토피아가…… 신석기 그놈이 차린 회사란 말인가요?"

"그래, 예전에 곽 부장 말로는 그놈이 로또에 당첨되어서 회사를 그만두었다고 했으니, 아마 그 돈으로 회사를 차린 모양이더라. 그런데 그런 놈에게 비누를 달라고 내가 전화를 해야 되겠니?"

"아뇨, 잘못했어요. 그만 올라가서 쉬어야겠어요."

"그래라."

오세라가 2층 자기 방으로 올라왔다.

안 그래도 얼굴에 갑자기 트러블이 생겨서 속상해 죽겠는데, 부친에게 석기에 대한 얘기를 듣자 너무 화가 나서 온몸이 부들부들 떨렸다.

그녀를 함부로 대한 석기에게 복수해 주고 싶었지만 그가 회사도 그만두고, 그리고 그동안 명성의 분위기가 워낙 뒤숭숭해서 그만 그때의 일을 잊고 지냈다.

그랬는데 이렇게 뜬금없이 석기의 이름을 다시 대하게 되자 분노가 치솟았다.

"우씨이! 그놈 때문에 열 받아서 그런가. 트러블이 더 심해졌잖아? 이거 계속 이 상태로 있으면 어떡하지?"

오세라가 거울에 비친 자신의 얼굴을 바라보자 갑자기 불안감이 엄습했다.

남자들이 오세라 앞에서 비굴하게 노비처럼 구는 것은 그녀 집안의 재력도 한몫했지만, 결국은 그녀의 미모 때문이었다.

하지만 얼굴의 트러블이 사라지지 않는다면 남자들은 그녀의 어장에서 떠나 버릴 것이다.

'그놈 회사에서 만든 비누를 사용하면 트러블이 사라질까?'

오세라는 고민이 되었다.

잔인하게 짓밟아 줘도 부족한 석기였기에 그의 회사에서 나온 비누를 절대 사용하고 싶지 않았ㄷ자.

그러나 문제는 그녀 얼굴에 생긴 피부 트러블이 사라지지 않을 경우였다.

'일단 씻고 나서 수분 크림으로 진정시키는 것부터 해 보자.'

오세라는 샤워를 하고 나자 화장대에 앉았다.

화장대에는 여러 화장품들이 즐비하게 진열된 상태였다.

오장환은 국내의 3대 브랜드에 속하는 명성화장품에 자부심이 대단했다.

그랬기에 오세라도 색조 화장 몇 가지만 외국의 유명 브랜드를 사용해도 나머지 기초 화장품들은 대부분 명성의 제품들을 사용했다.

'명품으로 알려진 명성의 화장품이니 사용하면 금방 효과를 볼 수 있을 거야.'

오세라는 명성에서 생산한 수분 크림으로 얼굴 피부를 마사지를 하듯이 손질을 해 주었다.

'한 가지만 발라서 괜찮을까?'

평소라면 샤워를 하고 나서 영양크림이다, 아이크림이다 몇 가지나 얼굴에 발랐기에 달랑 수분 크림 하나만 바른 것이 신경 쓰였다.

마침 피부 트러블에 좋다는 다른 화장품도 있었기에 그것도 바르기로 했다.

※

아침이 되었다.

오세라는 자고 일어나면 얼굴 피부 상태가 다시 정상으로 돌아왔을 것이라 여기고 화장대 거울에 비친 자신의 얼굴을 확인하게 되었는데.

"으아아아악!"

어제보다 얼굴 피부의 상태가 더욱 악화된 상황에 그만 오세라 입에서 비명이 터져 나왔다.

항상 매끈하고 뽀얀 피부를 자랑했던 오세라였는데, 지금은 얼굴을 뒤덮은 심한 트러블로 인하여 추악한 괴물처럼도 보였다.

명품으로 알려진 명성의 제품을 믿었지만, 효과는커녕 피부 트러블이 더욱 심해진 것이다.

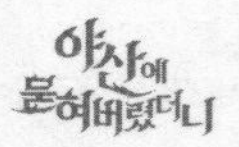

"아빠! 내 얼굴 괴물이 되었어! 으흐흐흑!"

집안을 발칵 뒤집은 오세라로 인해 오장환은 당장 그녀를 데리고 강남의 유명한 피부과를 방문했다.

하지만 피부과를 다녀와도 한번 뒤집힌 오세라 얼굴 피부는 전혀 진정될 기미가 없었다.

그렇게 며칠이 흘러갔다.

다른 피부과를 방문해도 효과를 보지 못하자 오세라는 이제 석기가 만든 비누에 희망을 걸게 되었다.

인터넷에 올라온 유토피아 증정품 비누 사용 후기 사진이 정말 사실이라면 그녀의 피부도 문제없이 치유가 될 것이라 여겼다.

"아빠! 지금 자존심이고 뭐고, 그딴 게 중요한 거 아니잖아요! 나 얼굴 돌아오지 않으면 콱 죽어 버릴 거야! 그러니 신석기 그놈에게 연락해서 당장 비누를 갖다 달라고 해 봐요!"

오장환은 집안에 있는 거울들을 죄다 박살을 내 버렸을 정도로 미친년처럼 펄펄 뛰는 오세라의 모습에 어쩔 도리가 없었다.

차마 석기에게는 연락을 못 하겠고.

서연정에게 전화를 걸었다.

"서 여사님! 이건 사업적인 일과 전혀 무관한 일임을 밝힙니다. 제가 유토피아 창립식에서 나눠 준 증정품 비누가 필요해서 그런데 그걸 얻을 수 없을까요?"

"무슨 일로 그러시죠?"

"딸아이가 트러블이 심하게 나서 피부과를 여러 군데 다녀 봤지만 차도가 전혀 없네요. 녀석이 죽겠다고 펄펄 뛰는데 어쩌겠어요."

오장환은 너무 자존심이 상했다.

하지만 딸 오세라를 위해서 자존심을 굽히고 서연정에게 부탁했다.

하지만 그녀의 대답은…….

"정 그 비누가 필요하면 제가 아니라 신 대표님에게 직접 연락해 보세요. 저도 실은 그 비누를 더 구하고 싶지만 증정품으로 나온 비누가 더는 없나 보더라고요. 그래서 시판될 때까지 참고 있는 중이거든요. 하지만 오 회장님 사정이 그러하니 신 대표님에게 직접 부탁하면 어떻게 하나 정도는 얻을 수 있지 않겠어요?"

오장환 딴엔 진짜 자존심을 죽여 가면서 딸을 위해서 서연정에게 연락을 한 것인데, 이런 결과에 속에서 열불이 치솟았다.

서연정에게 얻어 낸 석기 핸드폰 번호를 비서실장에게 건넸다.

직접 연락하는 것은 죽어도 못 하겠기에.

"죄송합니다. 그쪽 사정은 잘 알겠지만 비누가 정식으로 시판될 때까지는 함부로 유출시키지 않겠다는 우리 회사의 방침이라서 말이죠. 오 회장님께 전해 주세요. 나중에 갤로리아에 유토피아 제품이 입점을 하게 되면 그때 매장을 방문하셔서 비누를 구매해 주시면 감사하겠다고요."

오장환의 비서실장과 통화를 나눈 석기.

그의 눈빛이 얼음장처럼 차가웠다.

회귀 전에 석기의 뒤통수를 친 오세라다.

그녀를 위해 유토피아의 비누를 내줄 이유가 없었다.

정 필요하면 나중에 구매해라.

그것이 석기의 답변이었다.

상가 건물 옥상.

석기는 박창수와 옥상에 올라왔다.

옥상의 한 곳에 커피 자판기가 놓였다.

유토피아 직원들에겐 공짜로 제공되는 커피였다.

자판기에 들어간 물은 1분짜리 성수.

일반 믹스 커피와는 상대가 되지 않았다.

"방금 오장환의 비서실장에게서 연락이 왔어."

"오장환 따까리가 왜 너한테 전화를 했대?"

"증정품 비누를 달라고 하더군. 오장환 딸의 얼굴에 트러블이 심하게 나서 우리 회사의 비누가 필요하다고 하더라고.”

“헐! 완전 미친놈들 아냐? 그래서 뭐라고 했어?”

“딱 거절했지. 나중에 갤로리아에 입점하면 그때 찾아와서 비누를 구입하라고 했어.”

“흐흐! 완전 잘했어!”

박창수가 석기를 향해 엄지 척을 해 보였다.

“직원 채용 면접이 바로 내일이군.”

“오장환이 쳐낸 직원들이긴 하지만 아니다 싶은 사람들도 있을 거야.”

“우리 회사에 꼭 필요한 인물로만 골라 뽑지, 뭐.”

“맞아. 면접을 해 보면 옥석이 가려지겠지?”

“그럴 거라고 생각해.”

명성에서 평사원이었던 석기다.

그런 그가 회사 대표가 된 것이다.

속으로 석기를 우습게 여기는 이들도 분명 있을 것이다.

속마음을 들을 수 있는 능력.

그걸 이용하면 내일 면접에서 옥석을 가리는데 도움이 될 터.

그랬기에 걱정은 없었다.

그러던 바로 그때였다.

“헉!”

“윽!”

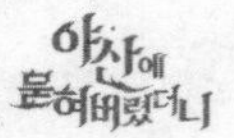

유토피아 직원은 아니었다.

건물 아래층에 사무실을 두고 있던 이들이다.

옥상에 올라왔다가 자판기 옆의 벤치에 앉아 있는 석기와 박창수를 발견하곤 다들 흠칫 놀란 표정들이다.

[저 사람 유토피아 대표 아냐?]

[여기 커피 맛이 죽인다고 해서 왔는데, 어쩌지?]

[유토피아 직원도 아닌데 커피를 뽑아 먹는다면 뭐라 하겠지.]

사람들 속마음이 들렸다.

몰래 커피 자판기를 이용하려다가 딱 걸린 상황.

만일 보통 커피였으면 이리 몰려들지 않았을 터.

그런데 석기가 이들을 어떻게 상대하면 좋을지 고민하고 있는데, 마침 일행 중에서 가장 직급이 높아 보이는 사내가 석기에게 다가와 악수를 청했다.

어딘지 낯이 익은 사내 얼굴이다.

"안녕하십니까! 저는 아래층 홀리광고에서 근무하고 있는 유승열 팀장이라고 합니다."

유승열의 소개에 석기의 눈빛이 살짝 이채를 발했다.

홀리광고.

사실 아래층에 홀리광고가 입주하고 있다는 것에 내심 관심을 갖고 있던 터였다.

그리고 유승열 팀장.

석기가 아는 인물이기도 했다.

물론 아직은 초면의 관계지만.

"홀리광고 직원들이셨군요. 저는 유토피아 대표 신석기입니다. 이쪽은 박창수 부장이고요."

"반갑습니다. 유승열입니다."

"저도 반갑습니다. 박창수입니다."

석기의 소개에 유승열은 박창수와도 악수를 나누고는, 멋쩍은 기색으로 옥상을 올라온 것에 대해서 해명을 늘어놓기 시작했다.

"실은 염치없지만 어제 옥상에 올라와서 이곳 자판기 커피를 한잔 뽑아 마셨는데 너무 맛이 좋아서 이렇게 다시 찾게 되었습니다. 허락을 구하지 않고 함부로 유토피아에서 설치한 자판기 커피를 뽑아먹은 점에 대해선 대표님께 사과드리겠습니다. 그래서 드리는 말인데…… 저희도 이곳의 커피를 이용했으면 합니다. 비용을 지불해야 한다면 기꺼이 지불할 용의가 있습니다."

유토피아가 상가 건물의 9층과 10층에 자리를 잡게 되어 바로 위가 옥상이다 보니 본의 아니게 옥상을 독점하는 분위기였다.

하지만 사실 같은 상가 건물에 입주한 다른 사무실도 옥상을 얼마든지 이용할 권리는 있었다.

'비용을 지불하겠다고?'

믹스 커피 한잔의 가격.

일반적인 자판기 커피로 치면 별로 비싼 가격은 아니긴 했다.

물론 이곳의 커피는 성수가 들어간 특별한 커피라 다른 자판기 커피에선 맛볼 수 없는 특별한 맛을 주기는 할 터.

하지만 이들이 홀리광고 직원들이란 점이 중요했다.

지금은 비록 소형 광고제작사에 불과하지만 내년이면 이곳은 유명세를 날리는 광고제작사로 알려지게 된다.

회귀 전에 명성샘물 광고를 제작한 홀리였다.

광고가 크게 히트를 쳐서 명성샘물을 확실한 명품으로 자리매김하게 해 주었다.

물론 이번 생에선 명성이 누렸던 것을 유토피아에서 차지할 생각이다.

그랬기에 커피 자판기로 홀리광고 직원들의 환심을 사두는 것도 좋았다.

"아닙니다. 이깟 커피값이 얼마나 한다고요. 그냥 부담 없이 이용하셔도 됩니다. 같은 건물에 입주한 상황인데 돈까지 받는 것은 좀 아닌 듯싶네요."

석기의 쿨한 행동에 홀리광고 직원들의 감탄한 속마음이 들렸다.

[대표 성격이 완전 쿨하네!]

[얼굴도 잘생기고 멋진 사람이다!]

[나중에 우리에게 광고 의뢰하면 아주 멋지게 뽑아줘야겠다.]

이런 직원들의 반응에 못지않게 유승열 팀장도 직원들을 대신하여 석기에게 정중히 감사인사를 표했다.

"정말 감사합니다, 대표님! 대신 나중에 저희 홀리에 광고 제작을 의뢰하시게 되면 특별히 유토피아 제품은 절반가격으로 모시도록 하겠습니다!"

"저도 사업을 하는 입장이니만큼 광고 제작비용을 깎는 것은 아니라고 생각합니다. 대신에 유토피아에서 광고를 홀리에 의뢰하게 된다면 다른 광고보다 좀 더 신경을 기울여 주신다면 저는 그것으로 충분하다고 생각합니다."

홀리광고의 유승열 팀장.

광고제작사 대표가 유승열의 형이다. 형제가 힘을 합쳐서 광고제작사를 차린 것이다.

특히 형제는 한번 아군은 영원한 아군이라는 명대사를 남길 정도로 의리파에 속했다.

회귀 전에 홀리에서 찍은 명성샘물 광고로 석기는 형제들과 친분을 다질 수 있었는데, 이번 생에서도 그 연을 이어 갈 생각이다.

[간만에 마음에 드는 사람을 만나게 되었군. 나이도 어린데 사업가로서의 철학도 괜찮고, 사람에 대한 배려심도 갖고 있고. 기대가 되는 사람이다.]

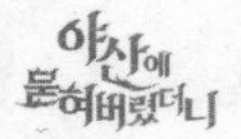

유승열 속마음이 들렸다.

석기에게 호감을 갖고 있음을 알 수 있었다.

'커피 한잔으로 유승열 팀장의 마음을 사게 되었군.'

석기도 속으로 흐뭇하게 웃었다.

앞으로 유토피아의 사업에 중요한 역할을 해 줄 홀리광고였다.

유토피아의 화장품을 비롯하여 샘물에 관한 광고 제작을 모두 홀리에 맡길 생각이었다.

그런 의미에서 회귀 전에는 샘물 광고로 대박을 터트렸지만 이번에는 화장품 광고로 먼저 대박을 터트리는 것도 좋을 터.

"그런 의미에서 홀리광고제작사에 저희 유토피아에서 생산될 화장품 광고를 의뢰하고 싶습니다."

"화장품 광고를 의뢰한다고요?"

"유 팀장님! 혹시 유토피아에서 창립식에 증정한 비누 후기 사진에 대해 알고 계시나요?"

"알고 있습니다. 안 그래도 그것 때문에 저희 직원들 사이에서도 비누 후기 사진을 놓고 여러 가지 의견이 분분한 상태입니다."

"그래요? 유 팀장님은 비누 사진 후기를 어떻게 생각하시죠?"

석기의 질문에 유승열의 눈빛이 아주 흥미롭단 듯이 반짝거렸다.

"솔직히 신 대표님을 이렇게 만나기 전까지는 반신반의하는 면도 없잖아 있었거든요. 그런데 신 대표님을 직접 만나 뵙고 나니 후기 사진이 진실이라고 생각합니다."

"맞아요. 후기 사진은 진실입니다. 그런 점에서 저희 유토피아 비누 광고를 홀리에서 한번 제작해 보시지 않으실래요?"

"맡겨 주신다면 최선을 다해 멋진 광고로 만들어 드리겠습니다. 이미 인터넷에 올라온 비누 후기 사진으로 세간의 화제를 끌어 모으고 있는 상태이니, 유토피아 비누 광고가 매스컴에 보도된다면 진짜 대박 광고가 될 것이라 생각합니다."

"하하하! 대박 광고라? 이거 듣기만 해도 벌써부터 기분이 짜릿한데요?"

"저도 마찬가지입니다! 신 대표님 덕분에 이번 기회에 홀리광고도 높게 날아오를 거라 생각하거든요. 그런 의미에서 이곳의 커피 자판기가 신 대표님과 저희 광고제작사에 행운을 가져다주었네요."

석기가 옥상에 비치한 커피 자판기가 서로의 연을 끈끈하게 맺어 준 셈이었으니 유승열의 말도 틀리지는 않았다.

"그런 의미에서 제가 커피 한 잔씩 뽑아 드리도록 하죠!"

"주시면 감사하게 마시겠습니다!"

커피를 노리고 몰래 옥상에 올라왔다가 뜻하지 않게 석기에게 광고 제작을 의뢰받은 유승열과 홀리 직원들의 표정은 매우 들뜬 기색이었다.

그리고 석기와 박창수 역시 같은 건물에 입주한 홀리광고와 친분을 갖게 된 것이 즐거웠다.

"자! 유 팀장님! 비록 커피지만 오늘의 인연을 마음에 새기자는 의미로 건배 한번 합시다!"

"그거 좋죠!"

모두가 믹스 커피가 담긴 종이컵을 위로 들어 올렸다.

유승열이 건배사를 하라는 의미로 석기를 웃으며 쳐다봤고, 이에 석기가 고개를 끄덕였다.

"유토피아와 홀리! 두 곳의 대박을 위하여! 건배!"

"건배!"

"건배!"

모두가 힘차게 건배했다.

믹스 커피를 맛본 홀리 직원들의 표정은 너무 흡족해 보였다.

이제까지 마신 커피 중에서 가장 맛있다는 생각이 들었다.

❈

한편 명성기업 대표실.

오장환은 비서실장에게 딸 오세라에게 줄 유토피아 비누를 받아 낼 생각에 석기와 통화를 시도하게 했지만, 아무것도 건진 것이 없고 오히려 자존심에 상처만 잔뜩 입은 것에 길길이 날뛰었다.

해서 오장환은 도저히 참지 못하겠는지 건방진 석기에게 뜨거운 맛을 보여 줄 작정에 비서실장과 머리를 맞대고 음모를 계획하게 되었다.

"그러니까 우리 명성에서 해고된 직원들이 내일 그놈의 회사에 면접을 보러 간다 이거지?"

"그렇게 알고 있습니다."

"그중에 스파이로 심어 놓을 마땅한 인물이 없을까?"

"다들 해고된 것에 명성에 반감을 갖고 있는 상태라서 쉽게 회유하기 어려운 상황입니다."

"그럼 자네가 보기에 적당한 인물로 몇 놈 추려서 돈으로 회유해 봐. 세상에 돈 싫다는 놈은 없을 테니까."

"얼마까지 주실 생각이십니까?"

"1억을 주겠다고 해. 그리고 그곳에서 잘려도 나중에 명성에 취업을 보장해 준다는 말도 하고. 내일 면접이라니 서둘러야 할 거야."

"그럼 적당한 인물을 물색하여 연락을 돌려 보겠습니다."

"연락만으로는 부족해! 직접 뛰어! 오늘밤에 룸살롱에 데려가서 선수금으로 3천을 안겨 주고 지장을 찍도록 만들어 버려!"

"알겠습니다!"

오장환의 지시에 비서실장은 서둘러 해고된 직원들 중에서 유토피아에 스파이로 심을 인물을 추리고자 밖으로 뛰어나갔다.

그렇게 비서실장의 연락을 받고 청담동 룸살롱에 해고되었던 직원 중에서 3명이 모이게 되었다.

이들 3명은 오장환보다 주주들의 편에 섰던 탓에 해고된 상태였지만 박쥐같은 성격을 지닌 자들이었기에 비서실장의 말을 듣고 나자 솔깃해했다.

"참고로 이곳에서 나온 얘기는 비밀로 엄수해야 할 겁니다. 비밀을 어길 경우 어떤 불이익을 받게 되더라도 그건 여러분의 책임입니다. 만일 스파이 노릇을 하겠다면 당장 3천만 원을 선수금으로 받을 수 있습니다. 그리고 유토피아에 채용된 후에 나머지 7천만 원을 받게 될 거고요. 그곳에서 활동하다가 발각될 경우 명성에서 일하던 부서로 다시 복귀를 보장해 줄 것이니 여러분으로선 손해 볼 일은 전혀 없을 겁니다."

비서실장의 말에 3명은 스파이가 될 것을 받아들였다.

유토피아에 채용이 되면 1억을 얻게 될 것이고, 그곳에서 스파이로 활동하다 들통나면 해고시켰던 명성에 다시 취업이 될 것이니 3명으로선 손해 볼 것이 없는 셈이었다.

"대신 만일 여러분이 유토피아에 채용이 되지 못할 경우에는, 선수금으로 받은 3천 중에서 10%로만 여러분이 취할 수 있고 나머지 금액은 토해 내셔야만 합니다. 그리고 비밀 엄수는 당연히 지켜야만 할 거고요."

비서실장이 단서를 달았지만 룸살롱에 모인 3명은 유토피아에 꼭 채용이 될 것이라 여기는 눈치였다.

※

유토피아 직원 채용 면접날.

행사 홀을 면접장으로 사용했다.

면접을 보러온 이들은 번호표를 배부 받고 행사 홀에 준비된 의자에 앉아서 차례를 기다리고 있었다.

조금 뒤 번호가 호명되면 옆의 회의실로 이동하여 그곳에서 면접관들과의 면담이 진행될 예정이었다.

오늘 유토피아 직원 채용 면접에 참석한 인원은 모두 50명으로, 명성의 화장품과 샘물 쪽에서 근무를 하다가 해고당한 이들이라고 보면 되었다.

참고로 오장환이 석기의 회사인 유토피아에 스파이로 집어넣을 목적으로 사주한 이들도 행사 홀에 참석한 상태였다.

이들 셋은 어제 룸살롱에서는 형님, 아우 하면서 신나게 놀아 댔지만, 오늘은 이곳에 참석한 목적이 있다 보니 서로 모르는 사이처럼 거리를 두고 떨어져서 앉게 되었다.

"30분 후에 면접이 진행될 겁니다. 핸드폰은 반납하셨다가 면접이 끝나고 돌아가실 때 받아 가시면 됩니다. 면접은 한 조에 5명으로 번호표 순번대로 진행될 겁니다. 번호를 호명하면 회의실 입구에서 대기하고 있다가 안으로 들어가시면 됩니다. 만일 번호를 호명했는데 자리에 없을 경우 면접 포기로 여기고 탈락 처리될 것이니 화장실 다녀오실 분들은 지금 다녀오는 것이 좋을 겁니다."

직원 채용 면접 안내를 맡은 유토피아 직원이 행사 홀에 참석한 면접자들에게 필요한 사항을 전달했다.

※

한편 회의실 안.

오늘 면접실로 사용된 회의실이었는데 벽 쪽으로 면접자들이 앉을 의자 다섯 개가 일렬로 놓여 있었고, 그 앞으로 면접관들이 앉을 테이블이 준비된 상태였다.

면접관으로는 유토피아 대표 석기와 부장 박창수, 연구팀 소속인 구민재가 맡게 되었다.

테이블에 자리한 세 사람.

마치 면접관으로 연예인들을 섭외한 것처럼 세 사람의 인물이 아주 훤칠했다.

특히 성수가 아닌 물은 아예 입에 대지도 않고 있는 석기의 외모는 말할 필요도 없었지만, 그동안 성수가 들어간 비누를 아침저녁으로 꾸준히 사용한 덕분에 박창수와 구민재의 얼굴도 빛이 났다.

사람의 외모를 결정하는 중요한 요소 중의 하나가 바로 피부였고, 피부가 좋으면 외모가 더욱 빛을 발하는 법이긴 했다.

"이제 면접을 시작합시다!"

"네! 대표님!"

석기의 말에 박창수가 테이블에 부착된 벨을 눌렀다.

1조 면접자들이 안으로 들어왔다.

오늘 면접에서 질문은 박창수와 구민재가 주로 언급하기로 했고, 석기는 면접자들의 관상을 보는 것을 맡기로 했다.

석기가 관상을 맡겠다고 한 것은 바로 면접자들의 속마음을 들을 생각에 그렇게 둘러댄 것이다.

의자에 앉은 다섯 명의 면접자들.

그들의 속마음이 석기의 귀에 들려오기 시작했다.

[대박! 면접관 셋 다 연예인이라고 해도 믿겠다. 흥미가 느껴지는 회사다.]

[윽! 신석기 저놈은 명성에서 나보다 낮은 직급이었는데 회사의 대표가 되다니 기분 엿 같네.]

[나이도 어린놈한테 굽실거리며 상사 대접을 해 줘야 한다니.]

[씨바! 나도 로또나 당첨되면 이런 자리에 나올 필요가 없었는데.]

[신생 업체지만 명성과 동종 업계라니 내가 그곳에서 일했던 경험이 분명 회사에 도움이 될 거야.]

석기는 오늘 면접을 보러 온 이들 중에서 절반만 건져도 다행이라고 여기고 있었다.

그랬기에 1조 면접자들 중에서 셋이나 안 좋은 속마음을 들었지만 실망하지 않았다.

하지만 박창수와 구민재.

두 사람은 면접자들의 속마음을 들을 수가 없었기에 겉으로 보여 준 면접자들의 공손한 태도를 좋게 평가할 수도 있었다.

"1번 면접자에게 묻겠습니다! 유토피아를 어떻게 생각하십니까?"

"흥미로운 회사라고 생각합니다!"

"보다 구체적으로 말씀해 주시죠."

"면접관님들의 피부가 너무 좋아서 저도 유토피아에 다니면 그렇게 될 수 있나 기대가 됩니다."

1번 면접자는 속마음과 마찬가지로 대답도 솔직했다.

저런 인물이 회사에 들어오면 사내 분위기가 한결 밝아질 것이니 좋긴 했다.

박창수가 이번엔 2번 면접자에게도 질문했다.

"2번 면접자님! 명성에서 평사원이었던 제가 이곳에서 부장 대우를 받고 있습니다. 저보다 낮은 직급으로 입사를 하게 된다면 기분이 많이 언짢으실 수 있을 텐데 근무를 하실 수 있겠습니까?"

"물론입니다! 로마에 가면 로마의 법을 따르라는 말이 있듯이 명성에서 지낸 직급은 깨끗하게 잊고 성심을 다해 부장님을 섬길 자신이 있습니다!"

속마음이 별로였던 2번 면접자는 확실히 대답도 가식적인 구석이 느껴졌다.

말은 저렇게 번드르르하게 하면서도 속으로는 불만이 가득한 상태였다.

[빌어먹을! 이딴 것을 질문이라고 해? 수준 떨어지게. 기분 진짜 엿 같네!]

이어서 구민재도 다른 면접자에게 질문을 시도했지만 3번과 4번 역시 구제불능이었다.

[씨바! 진짜 욕 나온다! 신석기 저놈은 재수 없게 왜 저렇게 사람을 야리고 있는 거야!]

[뽑아 준다고 해도 내 로또만 당첨되면 이딴 신생 업체는 당장 때려치우고 말 테다!]

앞에서는 아부를 떨고 뒤에서는 신랄하게 뒷담을 까는 그런 존재들.

겉으로 아무리 좋게 포장해도 속마음을 석기가 들은 이상

탈락은 기정사실이었다.

구민재가 5번 면접자에게 질문했다.

“5번 면접자님! 명성에 다닌 기간이 좀 되시는데 유토피아에 잘 적응하실 수 있겠습니까?”

“만일 유토피아에 취업이 된다면 제가 맡은 일에 한해선 절대 회사에 누가 되지 않도록 최선을 다하는 직원이 되겠습니다.”

5번 면접자는 투박한 인상이긴 했지만 아까 들었던 속마음처럼 진실된 사람임을 알 수 있었다.

1조 면접이 끝났다.

석기는 면접 채점표에 1번 면접자와 5번 면접자의 칸에 동그라미를 그리고, 나머지 사람들의 칸에는 엑스를 그어댔다.

사람들 속마음을 들을 수 있으니 옥석을 금방 가려낼 수 있었다.

“2조 안으로 들어가세요!”

2조 면접자들이 들어왔다.

앞서 1조처럼 차례대로 의자에 앉은 다섯 명의 속마음이 석기의 귀에 들려왔다.

대부분 명성에서 평사원이었던 석기가 회사의 대표가 되어 이런 면접을 진행하는 것을 불쾌하게 여기는 기색들이었다. 먹고사는 데 일자리가 필요해서 면접을 보러 오긴 했지만 명성보다 규모가 작은 유토피아가 성에 차지 않는다는 기색들이었다.

그런데 10번 면접자.

[오장환 회장은 왜 명성과는 상대도 되지 않는 이딴 신생 업체에 나를 스파이로 심어 놓으려는 걸까.]

10번 면접자의 속마음을 들은 석기의 눈빛이 차갑게 반짝거렸다.

다른 면접자들과는 달리 10번 면접자는 명성의 오장환 회장과 연관이 있음이 분명했다.

'어째 잠잠히 넘어간다 싶더니만.'

오장환이 비서실장을 시켜서 석기에게 증정품 비누를 얻고자 연락했지만 그걸 무시했다.

석기의 그런 태도를 오장환이 순순히 넘어가지 않을 것이란 생각은 하고 있었다.

그렇지만 직원 채용 면접을 이용하여 회사에 스파이를 심어 놓을 생각을 하다니.

역시 비열한 존재다운 음모였다.

석기가 사람들 속마음을 읽는 능력이 없었더라면 감쪽같이 오장환의 술수에 당했을 것이다.

2조 면접자들도 자기소개가 끝나자 박창수와 구민재가 면접자들을 향해 질문을 시작했다.

석기는 다른 면접자들의 대답을 듣는 척하면서 10번 면접자의 속마음에 집중했다.

[신석기 저놈이 오장환 회장에게 크게 밉보인 모양이야. 하여간 어제 룸살롱에서 3천만 원을 선수금으로 받고 이제 면접만 통과하면 나머지 7천만 원을 받게 될 테니 나야 손해 보는 장사는 아니지, 뭐. 설마 이딴 조그만 신생 업체에서 나 같은 경력자를 탈락시킬 리는 절대 없을 테니까.]

석기가 속마음을 훤히 들여다보고 있는 것을 까맣게 모르는 10번 면접자는 자신감이 쩌는 기색이었다.

유토피아에서 자신을 반드시 뽑아 줄 것이라 여기고 있었으니까.

'선수금 3천에 면접 통과하면 7천. 스파이가 되어 주는 대가로 1억을 받기로 한 모양이군.'

1억. 적은 돈은 결코 아니었다.

10번 면접자의 차례가 되었다.

석기가 질문지를 박창수에게 건넸다.

박창수는 의문이 일었지만 태연히 10번 면접자에게 질문했다.

"10번 면접자님! 유토피아에서 왜 10번 면접자님을 선택해야 하는지 그 점에 대해 어필해 주십시오!"

박창수의 질문에 10번 면접자는 겉으로는 아주 공손한 태도로 응답했다.

"저는 비록 명성기업에서 부당하게 해고를 당했지만 그곳에서 누구보다 열과 성을 다해 근무를 했던 사람입니다. 그런 점에서 신생 업체인 유토피아에는 저 같은 경력자가 많이 부족한 것으로 압니다."

그는 준비된 말을 마저 이어 갔다.

"그러니 제가 명성에서 익힌 노하우와 업무능력은 유토피아의 사업에 많은 도움이 될 것이라 자부합니다."

목소리도 크고 자신감 넘치는 10번 면접자의 태도는 나무랄 데가 없는 모습이었다.

거기에 경력자이니 유토피아에 채용하면 여러모로 도움이 되긴 할 것이다.

스윽!

박창수가 슬쩍 석기를 쳐다봤다.

10번 면접자에게 돌발 질문지를 건넨 석기의 의도가 무슨 이유가 있을 것이라 여겼기에.

이번엔 석기가 직접 10번 면접자를 상대했다.

"개인의 사생활은 존중하는 편이지만, 그래도 오늘 우리 회사 면접이 있음에도 어제 룸살롱에 가셨던 거는 좋게 여겨지지 않네요."

10번 면접자의 얼굴이 확 굳어졌다.

[저놈이 내가 룸살롱에 간 것을 어떻게 안 거지?]

석기의 눈빛이 차갑게 번득였다.

한편으론 10번 면접자를 유토피아에 입사시켜 놓고 역으로 이용하는 방법도 있긴 했지만, 골치 아프게 그런 짓은 하고 싶지 않았다.

게다가 오장환의 성격상 10번 면접자가 다가 아니라 다른 면접자도 더 사주했을 것이라 여겼다.

"보아하니 술 접대를 받으신 모양인데, 어제 룸살롱에 몇 명이나 부른 거죠?"

"……!"

10번 면접자의 표정이 더욱 심하게 굳어졌다.

[어제 비서실장이 술자리에 3명을 부르긴 했지만…… 신석기 저놈이 모두 알고 있는 걸 봐서 아무래도 정보가 샌 모양이다. 젠장! 그러면서 비밀은 무슨 얼어 죽을 비밀로 하라는 거야!]

석기가 속으로 씁쓸히 웃었다.

10번 면접자의 속마음을 통해 오늘 직원 채용 면접에 오장환이 유토피아에 스파이로 심어 놓을 이들로 3명을 사주했다는 셈이 된다.

혹시 면접을 통과하지 못한 이들이 나올까 우려되어 3명을 사주했을 터.

"10번 면접자님! 유감스럽지만 10번 면접자님은 저희 유토피아와는 어울리지 않는다고 생각합니다. 그만 퇴장해 주십시오!"

"그, 그게……."

석기의 축객령에 10번 면접자는 도망치듯이 회의실에서

빠져나갔다.

면접은 계속 진행되었다.

3조는 별문제가 없었고.

다음 4조의 차례가 되었는데.

20번 면접자도 오장환이 사주한 자였다.

“20번 면접자님! 당장 퇴장하세요! 유토피아는 스파이를 키우는 곳이 아니니까요.”

“하아!”

20번 면접자도 허둥지둥 밖으로 도망쳐 버렸다.

드디어 오늘 가장 끝 조인 10조 차례가 되었다.

오장환이 사주한 3명 중 마지막 인물.

50번 면접자의 속마음이 석기의 귀에 들려왔다.

[나랑 똑같은 평사원이었던 신석기가 회사의 대표라니, 차라리 잘되었어. 스파이 노릇을 해서 저놈을 엿 먹이는 것도 재미있겠군.]

석기는 50번 면접자의 속마음을 듣자마자 축객령을 내렸다.

“50번 면접자님! 그만 퇴장해 주세요! 참고로 당신과 같은 이유로 앞서 두 명이 면접 도중에 퇴장을 당했습니다.”

석기의 서늘한 축객령에 얼굴이 시뻘겋게 물든 50번 면접자도 밖으로 나가는 수밖에 없었다.

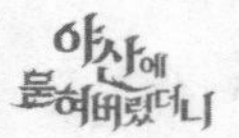

※

청담동 공원.

벤치에 세 남자가 모였다.

면접장에서 퇴장 당한 이들이다.

셋 중에서 명성에서 과장 직급을 달았던 방 과장이 화두를 먼저 꺼냈다.

"이렇게 되면 우리도 명성에 할 말이 있는 거 아냐?"

방 과장의 말에 명성에서 대리 직급이었던 김 대리가 흥분하여 언성을 높였다.

"맞습니다! 무엇보다 정보가 샌 것을 보면 이건 필시 명성에서 우리를 물 먹이겠다는 수작이 분명합니다! 면접을 통과하지 못해도 3천의 10%를 주겠다는 것도 그렇고, 명성에 다시 취업시켜 주겠다는 말도 전부 뻥일 겁니다! 이익! 아마 어제 선수금으로 받은 3천을 당장 토해 내라고 할 것이 뻔합니다!"

명성에서 주임 직급이었던 남 주임도 동의하듯이 끼어들었다.

"제 생각에도 오장환 회장이 우리가 주주 편에 섰던 것에 대해 앙심을 품고 해고시킨 것으로도 부족해서 이런 수모까지 겪게 한 것이 분명해요. 그것도 모르고 속으로 1억을 벌게 되었다고 엄청 좋아했는데 이런 뒤통수라니, 진짜 너무

얼얼하네요."

일행이 오장환을 성토하는 분위기에 방 과장은 음모를 꾸미는 사람처럼 눈빛이 비열하게 번들거렸다.

"우리도 그냥 당하고 있을 수만은 없지. 지렁이도 밟으면 꿈틀거린다는 것을 이번 기회에 오장환에게 보여 줄 필요가 있겠어."

방 과장의 말에 김 대리가 얼른 동의하듯 나섰다.

"맞습니다! 그런 의미에서 선수금으로 받은 3천을 우리가 꿀꺽하는 것도 좋겠습니다! 명성에서 우릴 물 먹이려고 나오는데 돈을 토해 낼 이유가 없습니다!"

남 주임이 한숨을 내쉬며 말했다.

"하아! 이럴 때 우리를 사주한 증거 자료가 있으면 진짜 좋을 텐데요. 그럼 오장환 회장도 우릴 함부로 건드리지 못할 테니 말이죠."

김 대리가 인상을 팍 찡그렸다.

"어제 룸살롱에 들어가자마자 핸드폰부터 압수당한 상태인데 증거 자료를 어떻게 만들어요? 어째 해고된 우리를 뭐가 예쁘다고 룸살롱에 불러 놓고 술을 사 준 것부터 수상한 일이긴 했습니다."

방 과장은 일행이 주고받는 얘기를 눈을 빛내며 듣고 있다가, 분위기를 환기시키듯이 품에서 뭔가를 꺼내 둘에게 보이며 물었다.

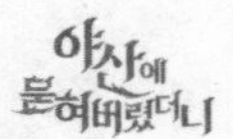

"둘 다 이게 뭔지 알아?"

"그게 뭐죠?"

"볼펜 아닙니까?"

일행의 대답이 예상을 벗어나지 못한 것에 흡족해진 방 과장이 히죽 웃으며 말했다.

"걱정 마. 여기에 어제 룸살롱에서 비서실장이 우리에게 했던 말이 죄다 녹음되어 있어."

"설마 그거 녹음기입니까?"

"그래."

"와! 진짜요?"

"어때, 감쪽같지?"

"네! 완전 대박이네요. 그럼 방 과장님은 어제 룸살롱에 녹음기를 갖고 오셨던 거네요?"

"그렇지. 만약을 대비해서."

"역시! 준비성이 철저하십니다!"

"그러게요."

방 과장은 감탄한 일행의 모습에 어깨를 으쓱거리며 다시 설명을 이어 나갔다.

"실은 어제 비서실장이 갑자기 만나자는 말에 느낌이 이상해서 이걸 챙기게 되었지. 역시 아니나 달라? 룸살롱에 들어가자마자 핸드폰부터 압수하는데 완전 심장이 쫄깃하더라니까."

"그럼 방 과장님 덕분에 증거 자료도 생겼으니 3천을 꿀꺽 해도 문제가 되지 않겠습니다."

"그러게요. 하하하!"

일행의 말에 방 과장이 손가락을 흔들어 보이며 거만스레 말했다.

"아니지 아냐. 3천으로는 부족해. 난 이걸로 비서실장을 협박해서 이번 기회에 한몫 단단히 뜯어낼 생각이야."

"얼마나 뜯어내실 생각이십니까?"

"어차피 그쪽에선 우리가 면접을 통과하면 1명당 1억까지 지불할 의도였잖아. 만일 우리 셋이 죄다 면접에 통과했으면 총 3억이 들었을 일이야. 물론 그것이 우릴 물 먹이기 위한 공약 남발일 수도 있지만, 하여간 오장환에게 돈 몇억 정도는 껌 값에 불과할 거란 말이지. 그래서 말인데……."

김 대리와 남 주임이 말을 하다가 멈춘 방 과장의 얼굴을 궁금한 기색으로 쳐다봤다.

"1명당 3억을 뜯어낼 생각이야."

"하아! 3억요?"

"와, 씨! 역시 통이 크시네!"

일행의 놀란 기색에 방 과장이 음흉하게 웃으며 다시 대화를 이어 나갔다.

"그렇게 되면 총 9억이 되겠지. 룸살롱에서 비서실장이 우리에게 제안했던 녹음 내용이 세간에 밝혀졌다간 오장환의 입장이 곤란해질 테니 분명 우리의 요구를 들어줄 거야."

방 과장의 눈빛이 반짝였다.

한동안 곽 부장 사건이며 세무감사로 뒤숭숭했던 명성 분위기였다.

그런 명성이 오장환이 회장 자리를 탈환하면서 겨우 진정세를 유지하고 있는 상황이다.

하지만 그런 상황에서 동종 업계 유토피아에 스파이를 집어넣으려던 것이 밝혀진다면 명성 분위기가 또다시 뒤숭숭해질 수가 있었다.

그랬기에 방 과장은 이번의 일을 기회라 여겼기에 그걸 이용하여 돈을 뜯어낼 계획이었다.

"이건 오장환이 먼저 자초한 일이야. 우리를 함부로 대한 대가로 3억씩 손에 넣어 보자고!"

방 과장의 말은 일행의 가슴을 들뜨게 만들었다.

1명당 3억을 손에 쥐게 된다.

유토피아 직원 채용 면접에서 퇴장당한 것에 잔뜩 실망했는데 그것이 오히려 전화위복이 된 것이다.

"그럼 언제 연락하실 겁니까?"

김 대리의 질문에 방 과장이 녹음기를 거머쥔 주먹에 힘을 주며 대답했다.

"이런 일은 빨리 치고 빠지는 것이 좋아. 지금 당장 비서실장에게 연락해서 돈을 받아 내자고."

"와, 씨! 진짜 심장 쫄깃한데요?"

"방 과장님! 각자 3억씩 받으면 당분간 동남아 쪽으로 여행이나 다녀와도 좋겠습니다."

"동남아 여행? 그것도 괜찮겠군. 그럼 지금부터 비서실장과 통화를 나눠야겠으니 둘은 조용히 입을 다물고 있도록 해."

"넵! 과장님!"

핸드폰을 손에 쥔 방 과장.

저장된 비서실장 연락처를 검색한 그의 눈빛이 탐욕으로 이글거렸다.

❈

한편 명성기업 회장실.

오장환 회장이 비서실장을 회장실로 불러들였다.

유토피아에 스파이로 심을 목적으로 사주한 이들의 면접이 어떻게 되었는지 물어보려던 찰나.

웅웅!

비서실장 핸드폰이 울렸다.

오장환의 허락에 핸드폰 액정을 확인한 비서실장이 다시 오장환의 얼굴을 힐끗 쳐다봤다.

"사주한 직원 전화입니다."

"잘되었군. 면접을 잘 본 모양인데 얼른 통화해 봐.
"그럼 통화를 해 보겠습니다."
"그래."
오장환은 비서실장이 상대와 통화를 나누는 것을 지켜보게 되었는데, 어째 통화를 나누는 비서실장의 표정이 갈수록 뭔가 이상했다.
그렇게 통화가 끝나자 오장환이 궁금했던지 얼른 비서실장을 향해 물었다.
"표정이 왜 그래?"
"사주한 셋 다 면접장에서 퇴장당했답니다."
"퇴, 퇴장? 대체 이유가 뭐야?"
"유토피아에서 어제 룸살롱에서 저와 만난 것을 모두 알고 있었다고 합니다."
"그걸 그쪽에서 어떻게 안 거야? 그놈들에게 비밀로 하라고 단단히 입막음시키지 않았어?"
"회장님께서 지시한 대로 했기에 함부로 사주받은 일을 떠벌리지는 않았을 겁니다."
"그럼 어떻게 그쪽에 정보가 흘러들어 간 거야?"
"그게 저도 의문입니다만, 문제는 사주받은 이들이 오해를 하고 있다는 점입니다. 회장님께서 자기들을 물 먹이려고 우리 쪽에서 일부러 유토피아에 정보를 흘렸다면서 그 대가로 피해 보상으로 1명당 3억을 요구했습니다."

비서실장의 말엔 오장환의 얼굴이 험악하게 일그러졌다.
“뭐, 뭐라고? 이놈들이 미친 거 아냐? 3억! 면접도 통과하지 못한 주제에 감히 어디서 피해 보상을 요구해? 당장 그놈들에게 준 선수금 3천만 원을 죄다 거둬들여! 그런 놈들에겐 10%도 아까워!”
펄펄 뛰는 오장환 반응에 비서실장이 눈치를 보듯이 말했다.
“그게 좀 곤란하게 되었습니다.”
“뭐가 곤란하다는 거야!”
“어제 누군가 녹음기를 몰래 숨겨 왔던 모양입니다.”
“녹음기를? 대체 일을 어떻게 처리했기에 녹음기를 숨겨 온 것을 모르고 있었던 거야!”
“죄송합니다, 회장님! 놈들의 핸드폰만 압수하면 문제가 없을 거라고 안일하게 생각했습니다.”
“쯧쯧! 버러지 같은 하찮은 놈들에게 당하다니.”
오장환의 힐난하는 시선에 비서실장 얼굴이 붉어졌다.
“그래서, 그놈들이 그걸 빌미로 협박했다 이건가?”
“그렇습니다. 돈을 주지 않는다면 녹음 내용을 당장 넙튜에 올려 버리겠다고 합니다.”
“이런 찢어 죽일 놈들 같으니!”
오장환의 동공이 살기로 일렁였다.
차라리 그들에게 돈을 주느니 해결사를 고용해서 셋을 묻어 버리기로 했다.

"죄다 드럼통에 집어넣어 바다에 던져 버려!"

"아, 알겠습니다."

"녹음 파일은 자네가 직접 그놈들을 만나서 빼앗아 오도록 해."

"네! 그러겠습니다, 회장님!"

비서실장이 회장실에서 나왔다.

즉각 해결사에게 일을 사주했다.

오늘 당장 작업에 들어가도록 했다.

인천항 부두.

그곳에서 셋을 처리해서 배로 싣고 나가 바닷물에 시신을 빠트리도록 사주했다.

해결사를 고용하는 데 5억.

셋의 요구를 들어주면 9억이 나갈 상황이었기에, 한편으론 4억이 절약된 것으로 비서실장은 그걸로 위안을 삼았다.

해결사를 움직인 비서실장은 이어 방 과장에게 연락했다.

"인천항 부두에서 만나지. 은밀히 돈을 거래하는 일이니 사람들의 시선을 피할 한적한 장소가 좋지 않겠어? 돈을 받으려면 녹음된 파일을 가져와야 할 거야."

방 과장은 비서실장의 연락에 일행을 자신의 차에 태워서 인천항 부두로 향했다.

"괜찮겠습니까, 방 과장님?"

"장소가 바다라니 불안해?"

"혹시 오장환이 허튼수작을 부리려는 것은 아니겠죠?"

"걱정 마. 그래서 아까 그것에 대한 대책을 마련해 놓았잖아."

"근데 왜 하필……."

김 대리가 말끝을 흐렸다.

녹음 내용을 USB에 카피했다.

하지만 문제는 방 과장이 안전 조치로 USB를 넘기고자 택한 인물이 문제였다.

김 대리가 생각하기엔 불안했다.

과연 그가 녹음 내용을 듣게 된다면 이들의 편에 서 줄 것인가 의문이었다.

오장환에게 당해도 싼 이들이라고 생각할 수도 있었기에.

⊗

끼이익!

인천항 부두에 도착했다.

차에서 내린 셋의 주위로 어둠 저편에서 승용차 한 대가 서서히 미끄러지듯이 다가와 멈춰 섰다.

타악!

차문이 열리고 운전석에 타고 있던 누군가 내렸다.

오장환 따까리 비서실장이었다.

비서실장을 발견한 셋은 조심스레 그의 주위로 움직였다.

"돈은?"

"차 트렁크에 들어 있으니 걱정 마. 그 전에 녹음된 내용을 확인하는 것이 우선이겠지."

"여기. 버튼을 누르면 녹음된 내용이 흘러나올 겁니다."

방 과장에게 볼펜처럼 생긴 녹음기를 건네받은 비서실장의 눈빛이 차갑게 번들거렸다.

이걸 방 과장이 룸살롱에 숨겨온 탓에 오장환 회장에게 안 좋은 소리를 들었고, 심지어 해결사를 고용하는 데 5억이 들어갔다.

딸칵!

버튼을 누르자 녹음된 내용이 흘러나왔다.

[……만일 스파이 노릇을 하겠다면 당장 3천만 원을 선수금으로 받을 수 있습니다. 그리고 유토피아에 채용된 후에 나머지 7천만 원을 받게 될 거고요. 그곳에서 활동하다가 발각 날 경우 명성에서 일하던 부서로 다시 복귀를 보장해 줄 것이니 여러분으로선 손해 볼 일은 전혀 없을 겁니다.]

어제 룸살롱에서 나눈 대화 내용이 확실하다는 것에 비서실장이 녹음기를 꺼서 주머니에 집어넣었다.

"녹음 내용을 확인했으니 이제 돈을 주세요."

"복사해 놓은 파일이 또 있는 건 아니겠지?"

비서실장의 질문에 방 과장은 속으로 뜨끔했지만 태연스레 입을 열었다.

"없어요. 그게 전부이니 얼른 돈이나 내놓으시죠."

카피본 USB가 하나 있었다.

하지만 비서실장에게 그걸 밝힐 이유가 없다.

곧 그에게 그것이 넘어갈 터.

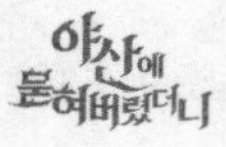

딱 그 말이 어울린다

비서실장이 재차 확인했다.
"카피본 없는 거 정말이지?"
"그래요. 얼른 돈이나 주시죠."
"그렇다니 다행이군."
"다행이라뇨? 설……마?"
"짐작하는 것이 맞을 거야."
비서실장의 눈빛이 달라졌다.
방 과장을 비웃고 있는 눈빛이다.
그게 의미하는 바를 눈치챈 방 과장.
왠지 예감이 좋지 않았다.
"우리에게 돈 줄 생각이 없군요."

"맞아. 회장님께선 너희 같은 쓰레기에게 돈을 뜯길 바에는 해결사에게 돈을 주고 너희 처리를 맡기는 것으로 결정하셨지. 그게 더 싸게 먹히기도 하지만, 주제를 모르고 기어오르는 버러지들을 살려 둘 회장님이 절대 아니시거든."

비서실장의 조롱하는 말투에 방 과장이 이를 빠득 갈아 댔다. 어쩐지 너무 쉽게 돈을 준다고 했을 때 그걸 의심했어야 하는데. 그만 돈에 눈이 멀어 앞뒤 분간 못 하고 이곳으로 달려온 것이 실수였다.

"젠장! 우리를 속였어!"

"그러게 왜 기어올라서 명을 단축해! 곱게 죽고 싶으면 반항하지 않는 것이 좋을 거야. 그럼 시작해!"

비서실장 지시에 어둠 저편에서 불빛이 번쩍였다.

그곳에 세워 놓았던 승합차의 문이 열리더니, 해결사로 고용된 사내들이 우르르 차에서 내리기 시작했다.

쇠파이프를 질질 끌며 어슬렁어슬렁 걸어오는 해결사들의 분위기에 김 대리와 남 주임이 겁에 질려 방 과장을 쳐다봤다.

"하! 오장환은 처음부터 우릴 죽일 생각이었던 것이 분명합니다!"

"으윽! 우릴 죽인 후에 바다에 빠트릴 모양이에요."

방 과장도 사실 겁이 났다.

하지만 약한 모습을 보이면 이대로 끝이다.

비서실장을 향해 으름장을 놓듯이 나왔다.

"씨바! 죽이려면 죽여, 뒷감당을 할 수 있다면!"

"그게 무슨 소리지?"

비서실장이 반응을 보이자 방 과장은 더욱 악에 받쳐 소리쳤다.

"카피본! 없다고 한 말, 거짓말이거든."

"그 말을 나보고 믿으라고?"

"야밤에 인천항 부두로 나오라며. 그래서 안전 조치가 필요했지. 뒷감당에 자신이 있으면 내 말 무시해도 상관없어."

방 과장 태도는 허세가 아닌 듯싶었다.

룸살롱에서 사주한 내용이 담긴 카피본.

그것이 세간에 밝혀진다면 일이 커질 터.

무슨 수를 쓰더라도 꼭 손에 넣어야만 했다.

"카피본은 어디에 있지?"

"병신! 그걸 순순히 가르쳐 줄 거라고 생각해?"

"그래도 밝혀야 할 거다."

"상황 파악 안 되나. 우리 죽으면 넌 멀쩡할 거 같아?"

"그게 무슨 소리야?"

"너도 오장환에게 제물로 삼을 거야."

"오장환 회장님이 날 제물로 이용할 거라고?"

"그 정도는 기본 아냐? 일이 커지면 책임질 사람이 필요하겠지. 널 방패막이로 삼게 될 것이 뻔해. 병신처럼 충성하면 뭐해! 킥킥!"

방 과장의 조소에 비서실장 얼굴이 붉게 달아올랐다.

"회장님은 나를 누구보다 신임하고 계신다! 그런 일은 절대 벌어질 리 없어! 그러니 곱게 죽고 싶다면 당장 카피본 어디에 숨겼는지 말해!"

비서실장의 씩씩거리는 태도에 방 과장이 조소를 흘렸다.

"지금이라도 늦지 않았어. 우리랑 손잡고 오장환의 뒤통수를 치는 것만이 그나마 네놈이 살 길이다."

"이익! 나보고 회장님을 배신하라고?"

"안 그럼 네가 죽어, 병신아!"

"안 되겠군! 곱게 죽기 싫다면 소원대로 해 주지!"

비서실장은 오장환을 믿었다.

방 과장의 말이 가슴 한구석을 불안하게 파고들긴 했지만 지금까지 오장환을 위해 충성을 다해 온 그였다.

카피본만 찾아낸다면 별일은 없을 것이라 생각했다.

셋을 죽일 때 죽이더라도 카피본 숨긴 곳을 반드시 털어놓게 만들 작정이다.

비서실장이 눈알을 살벌하게 부릅뜬 채 해결사들에게 지시를 내렸다.

"다들 뭐 해! 당장 이놈들이 카피본을 어디에 숨겨 놓았는지 알아내!"

방 과장의 눈빛이 어두워졌다.

이를 악물고 주먹을 꽉 거머쥐었다.

비서실장은 이들을 이곳에서 살려 보낼 마음이 없다.

절망감에 방 과장은 더욱 악이 받친다.

“병신! 우리를 패 죽여도 카피본은 절대 네놈 손에 넘어가지 못할 거다!”

“그, 그게 무슨 말이야!”

“그런 게 있다! 으하하하!”

방 과장이 미친놈처럼 마구 웃었다.

카피본 녹음 파일.

이미 방 과장 손을 떠난 상황이다.

석기의 얼굴이 떠올랐다.

신생 업체 유토피아 대표.

그에게 USB가 들어가게 조치를 취해 놓았다.

비서실장의 연락을 받고 인천항 부두로 향하면서 카피본 녹음 파일을 누구에게 주면 좋을지 생각하다가 무심코 떠오른 석기에게 그걸 건네기로 했다.

이상한 일이지만 오늘 면접장에서 석기에 의해 퇴장까지 당한 상황임에도, 그에게 USB를 넘긴 것은 솔직히 그곳만큼 안전한 곳도 없었기에 행한 일이었다.

기자들에게 그걸 넘겼다간 오장환의 손에 들어갈 확률이 높았기에.

“미안하다.”

방 과장은 겁에 질린 일행을 향해 사과를 했다.

돈을 벌 기회라고 생각했다.

하지만 이번 일은 기회가 아니라 명을 재촉하는 지름길로 뛰어든 것임을 뒤늦게 깨닫게 되었다.

"으윽!"

"흐윽!"

김 대리와 남 주임도 죽음이 목전에 이른 상황에 체념한 눈빛으로 눈물을 흘릴 뿐이었다. 방 과장의 제안에 좋다고 손을 잡았으니 두 사람도 똑같은 인간들이었다.

잠시 후.

세 사람은 죽음의 위기에 처하자 달려드는 해결사들을 향해 맞서듯이 주먹을 날리며 반항했지만 상대가 되지 못했다.

결국 피범벅이 되어 바닥에 널브러진 세 사람의 처참한 분위기였다.

비서실장은 널브러진 방 과장의 멱살을 잡아 흔들며 미친 놈처럼 고래고래 소리를 쳤다.

"어디 있어! 말해! 카피 파일 어디에 숨겨 놓았냐고!"

비서실장의 다그침에 방 과장의 피범벅이 된 입꼬리가 경련을 일으키듯이 파르르 꿈틀거렸다.

비웃고 있는 것이다.

석기의 손에 들어간 USB.

설령 알려 준다고 해도 그가 그걸 명성에 내놓을 리는 절

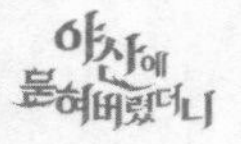

대 없을 터.

'차라리 터트려 버려!'

지금 방 과장이 원하는 것.

석기가 USB안의 내용을 확인했다면 망설이지 말고 그걸 넙튜에 올려 버리길 원했다.

"뭐, 뭐야! 이 새끼…… 주, 죽었……하!"

끝내 방 과장이 카피 녹음 파일에 대해 털어놓지 않고 숨을 거두었다.

상황이 이상하게 흘러가자 비서실장은 크게 당황하여 어쩔 줄을 몰라 했다.

나머지 일행에게라도 물어보려 했지만 둘도 숨을 거둔 상태였다.

이제 카피본을 찾지 못할 것이다.

"비, 빌어먹을!"

바로 그때였다.

드르륵!

갑자기 해결사들이 타고 왔던 승합차 문이 열렸다.

차 안에 타고 있던 누군가 밖으로 나왔다.

빈 승합차로 알고 있었기에, 다가오는 이를 그가 놀라 쳐다봤다.

경영지원팀 차 부장.

예상치 못한 인물이 이곳에 등장했다.

차 부장은 회사 공금을 빼돌린 곽 부장과 라이벌 구도였는데, 곽 부장이 해외에서 죽은 이후로 오장환의 측근으로 자리매김하게 되었다.

“차 부장님이 여긴 왜……?”

“그러게 말입니다, 흠흠.”

그때 해결사 둘이 비서실장 양팔을 붙잡았다.

비서실장의 표정이 확 굳어졌다.

방 과장이 했던 말이 불현듯 떠올랐다.

“지금 뭐 하자는 거지?”

“쯧쯧! 확실히 우리 실장님……! 예전과는 달리 감이 많이 떨어졌어. 이번 일은 전적으로 실장님 미스테이크야. 룸살롱에 녹음기를 들고 온 것도 모르고 일을 사주했으니 이런 사달이 벌어지지. 쯧쯧! 하여간 회장님께서 이번 일은 실장님이 깔끔하게 책임을 지는 것으로 했음 하더라고. 무슨 말인지 이해되지?”

“하! 설마 날 팽하겠다고?”

“카피 녹음 파일 터지면 문제 복잡해지는 거 실장님도 잘 알잖아. 그러니 우리 쿨하게 가자고. 애들아! 유언장에 얼른 실장님 지장 찍고 그만 보내 드려라.”

차 부장의 말이 끝나기가 무섭게 해결사의 공격에 기절한 비서실장은 그의 승용차에 태워진 채 바닷속으로 풍덩 들어가고 말았다.

이어 바닥에 널브러진 시신 세 구는 준비된 배에 실려 바다로 움직였다.

부두에 홀로 남은 차 부장.

비서실장이 남긴 유언장을 쳐다보며 비릿하게 웃었다.

⸎

한편 유토피아 대표실.

밤이 깊었지만 오늘 직원 채용 면접을 본 것에 대한 마무리가 필요했기에 석기는 박창수와 대표실에 남아 있게 되었다.

구민재도 면접관 역할을 맡았지만 그는 따로 할 일이 있었기에 양평 연구실로 돌아갔다.

오늘 50명 면접을 봤다.

면접을 통과한 이는 30명.

절반을 넘긴 것에 만족했다.

박창수는 오늘 면접을 보다가 퇴장당한 이들에 의문을 갖고 있었기에 석기에게 물었다.

"그들은 왜 퇴장시킨 거야?"

"명성에서 우리 회사에 스파이로 심어 놓을 목적으로 보낸 이들이었거든."

"뭐. 뭐라고? 스파이? 대체 그걸 어떻게 안 거야?"

"어쩌다 정보를 얻게 되었어."

사람의 속마음을 읽는 능력 덕분에 스파이로 심으려던 셋을 골라낼 수 있었다.

하지만 박창수에게 그 능력을 사용했다고 밝힐 수는 없는 일이었다.

"대박! 그것도 모르고 그들을 합격시켰더라면 우리 회사 기밀이 명성에 줄줄이 새어 나갔을 거 아냐?"

"아마 그랬겠지."

"빌어먹을 명성! 분명 오장환이 사주한 자들이겠지?"

"전에 증정품 비누를 달라고 요청한 것에 거절했더니 그런 짓을 한 것이 아닐까 싶어."

"하! 진짜 인간쓰레기네!"

"하여간 잘 막았으니 됐지, 뭐."

"맞아. 참, 합격자들은 내일 통보를 해 주면 되겠지?"

"그게 좋겠어."

"그래도 석기 네가 관상을 잘 봐서인지 제법 괜찮은 직원들을 채용할 수 있게 되어 다행이야."

사실 오늘 면접에서 석기에게 동그라미를 받은 이들은 박창수와 구민재에게도 좋은 점수를 받았다.

그걸 보면 둘의 안목도 제법 쓸 만하다는 의미였다.

"근데 퇴장당한 그 사람들 괜찮을까? 증정품 비누 거절한 것만으로 스파이까지 심을 정도인데."

"계획이 물거품이 되었으니 입막음을 하고자 그들을 제거하려 들지도 모르지."

"설마하니 그렇게까지 나오겠어?"

박창수는 아직 오장환의 잔인한 면을 모르고 있으니 순진하게 저런 말을 하고 있을 터.

바로 그때였다.

똑똑!

밖에서 노크 소리가 들렸다.

"이 시간에 누구지?"

"직원들은 다 퇴근했을 텐데."

"그러게."

건물 관리인 아저씨였다.

콜을 하지도 않았는데 지금 시간에 대표실까지 올라온 것을 보니 무슨 이유가 있을 듯싶었는데.

[사례금을 받았으니 이걸 꼭 전달해 줘야겠지.]

관리인 아저씨 속마음이 들렸다.

멋쩍게 웃으며 관리인 아저씨가 편지봉투를 건네고 돌아갔다.

어떤 사람이 꼭 지금 시간대에 석기에게 전달해 달라고 신신당부를 했다고 한다.

"USB 아냐?"

"누가 이걸 보낸 거지?"

"한번 확인해 보자."

USB를 확인했다.

면접장에서 퇴장당한 이들의 음성이 분명했다.

그들이 어제 룸살롱에서 비서실장과 나눈 얘기가 녹음되어 있었다.

녹음된 내용을 모두 들은 두 사람.

"이걸 어떻게 하는 것이 좋을까?"

"나는 네가 하자는 대로 할게. 한데 하고많은 사람들 중에 석기 너에게 이걸 건넸다는 것은 이유가 딱 한 가지밖에 없어. 명성을 엿 먹여 달라는 거."

"명성을……."

석기의 눈빛이 어두워졌다.

면접장에서 퇴장당한 세 사람.

그들이 오장환에게 돈을 뜯어낼 목적으로 녹음 내용을 갖고 협박했을 가능성도 있었다.

하지만 오장환 성격에 그들에게 돈을 주고 원만하게 타협할 리가 만무했다.

오히려 그 돈으로 해결사를 고용해서 그들을 처리하고자 나왔을 확률이 훨씬 높았다.

'이것이 내 손에 들어왔다는 것은…… 그들이 죽었을 수도 있다는 뜻.'

석기가 손안의 USB를 쳐다봤다.

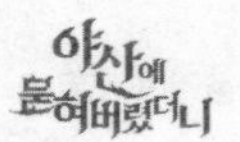

오장환을 엿 먹이는 일이라면 석기도 당연히 찬성이다.

회장 자리를 탈환한 것에 축하 인사를 아직 해 주지 못했다.

“좋아. 이걸 넙튜에 올려 버리자!”

카피본 녹음 파일.

그것이 넙튜에 올라왔다.

석기는 대화 내용 중에 〈명성기업〉이 언급된 상황에선 그대로 두었지만, 유토피아는 일부러 대중의 호기심을 자극하고자 〈유○○○〉로 처리해서 올렸다.

그렇게 해도 대중은 〈유○○○〉가 석기의 회사 유토피아임을 금방 눈치챌 것이라 여겼다.

그런데 재미있게도 금방 반응이 왔다.

그만큼 녹음 내용이 대중의 관심을 끌 만한 내용이었기에 그러했던 건지도 몰랐지만. 대중은 명성을 신랄하게 공격하는 분위기를 보였다.

–대박! 역시 명성이 명성하네!ㅋ

–선수금 3천! 면접 통과 7천! 참 돈 많은 회사입니다요!ㅋㅋ

–회사 공금을 빼돌리고 세무감사까지 받은 것으로 부족해서 이

제 신생 업체에 스파이까지 심는 짓을 한다? 계열사 세 곳이 도산하고 이제 두 곳만 남은 상태인데. 이런 식이면 그곳도 곧 도산하게 되겠네~

–신생 업체 〈유ㅇㅇㅇ〉는 혹시 증정품 비누 후기 올린 유토피아를 말하는 건가?

–아마 그런 것 같죠?ㅎㅎㅎ

–신생 업체 발라 버리려고 스파이까지 심을 생각을 하다니 진짜 명성 갈 데까지 간 모양이네!ㅋ

–명성 회장 정신 차려라! 회장 자리 탈환한 지 얼마나 되었다고 벌써 이런 추접한 소동이냐! 회장 너는 돈 많으니 잘 먹고 잘살겠지만 그곳에 딸린 직원들이 뭔 죄냐!

–레알 이런 기업이 대한민국에 있다는 것이 수치입니다!

–사주한 직원들에게 면접 통과 못 하면 명성 취업시켜 준다고 했는데 과연 그 약속이 제대로 지켜질 수 있을까 의심스럽습니다! 이 문제는 정부에서 나서서 진상 규명을 확실하게 밝혀야 한다고 생각합니다!

–명성 회장 백퍼 오리발 내밀 것이다!ㅋ

–혹시 유토피아 증정품 비누 후기가 실화? 그래서 명성에서 신생 업체에 스파이를 심을 생각을 한 것이 아닐까요?

–인정! 명품 백화점 갤로리아에 유토피아가 입점한다는 소문이 자자하더군요. 이건 비누 후기가 실화일 확률이 백퍼입니다!

–헐! 그래서 명성이 신생 업체 죽이려고 저 지랄을 떨어 댓구나!

졸라 추하다!ㅋㅋ

–유토피아! 파이팅! 이번 기회에 명성 확 밟아 버리고 갤로리아에서도 명성 쫓아내 버려라!

–갤로리아에 유토피아 입점하면 언니가 달려가서 물건 사 줄게 기달려~ㅎ

–오빠도 달려갈꼬마~ㅎ

–신생 업체라고 기죽지 마요! 명성에서 견제 들어올 정도면 품질은 인정받았다는 거니까~

–인정! 우린 당신을 응원합니다!

–유토피아 힘내세요!

※

집으로 돌아온 오장환.

회사에서 차 부장의 보고를 받긴 했다.

모든 일이 무사히 잘 처리되었다고 했다.

이번 사건의 책임을 전가시킬 비서실장은 유언장에 지장을 찍도록 한 후에 차에 태워 사람들에게 발견되기 쉽도록 일부러 부두 근처의 바다에 빠트리도록 했다.

그리고 겁대가리를 상실한 세 놈은 패 죽여서 배에 태운 후, 사람들이 아예 시신을 찾지 못하도록 망망대해에 물고기 밥으로 던져 주라고 했다.

카피본 녹음 파일은 손에 넣지 못했다.

버러지 같은 놈들을 죽을 때까지 패 주었지만 끝내 카피본 녹음 파일을 숨긴 곳을 실토하지 않고 죽었다는 것이다.

좋게 생각하기로 했다.

만일 기자들 중 누군가에게 카피본을 건넸을 경우, 돈을 주고 회수해 버리면 그만이다.

세상에 돈 싫다는 놈들은 없으니 돈만 많이 안겨 준다면 신난다고 녹음 파일을 넘길 것이다.

그렇게 나름 카피본을 손에 넣지 못한 것에 불편한 마음을 가라앉히고 있었는데.

–회장님! 저 차 부장입니다!

차 부장에게서 연락이 왔다.

집에 돌아오기 전에 보고를 했는데 그사이에 또 보고할 거리가 생긴 모양이었다.

"지금 뭐라고 했어! 넵튜에 녹음 파일이 올라왔다고?"

–네! 회장님! 방 과장이 죽기 전에 카피본을 가지고 수작을 부린 것이 분명합니다!

오장환 인상이 확 일그러졌다.

그 사이에 벌써 넵튜에 카피본 녹음 파일이 풀렸다는 것에 오장환의 머리가 복잡해졌다.

"대체 어떤 놈이 올린 거야!"

–기자는 아닌 듯싶습니다. 기자라면 그걸 올리기 전에 명성

에 돈을 먼저 요구를 했을 겁니다. 넵튜에 녹음 파일이 올라온 시간대를 보니 방 과장이 죽고 나서 올라온 상태입니다. 그렇다는 것은 방 과장이 사전에 돈을 주고 사람을 고용해서 넵튜에 올릴 시간대를 지정해 주었던 것이 아닐까 싶습니다. 정해진 시간에 방 과장에게서 연락이 오지 않을 경우 그걸 넵튜에 올리라고 사전에 협의가 되었을지도 모릅니다. 그렇지 않고선 방 과장이 죽자마자 넵튜에 녹음 파일이 풀릴 리가 없습니다.

제법 그럴싸하게 들리는 차 부장의 추리에 오장환도 수긍이 되었다.

하지만 어쨌든 문제는 넵튜에 녹음 파일이 풀려 또다시 명성기업이 세간의 입방아에 오른다는 것.

그것을 생각하니 벌써부터 머리가 지끈거렸다.

"반응은 어때?"

-그사이에 넵튜에 올라온 내용을 본 사람이 많은지 벌써부터 대중의 반응이 들끓습니다!

"빌어먹을! 카피본까지 꼭 손에 넣었어야만 했는데."

-제가 승합차에서 몰래 지켜봤지만 보통 독종들이 아니더군요. 그렇게 두드려 맞고도 다들 입을 열지 않았습니다. 어차피 살아날 확률이 없다고 여겨서 더욱 입을 다문 걸 수도 있지만요. 흠흠, 그건 그렇고 빨리 대책을 마련하는 것이 좋겠습니다. 비서실장이 바다로 차를 몰고 투신자살할 것처럼 꾸며야 했는데 차라리 잘되었습니다. 타이밍이 절묘하네요. 넵튜에 녹음 파

일이 올라온 것에 대한 대처로 비서실장의 유언장을 내놓으면 깨끗하게 끝날 겁니다.

확실히 죽은 비서실장에 비해선 차 부장은 말이 많았다. 더 듣고 있다간 귀에서 피가 나올 것만 같았기에 오장환이 얼른 말을 끊어 버렸다.

"상황 보고는 그쯤하면 됐어! 지금 시급한 것은 대책 마련이야! 날이 밝는 대로 기자회견을 열도록 해!"

-그리하겠습니다! 비서실장이 과잉 충성심에 독단으로 일을 벌이고 결국은 회장님께 누가 될까 차를 몰고 바다로 뛰어든 것으로 시나리오를 잡도록 하겠습니다!

"혹시라도 죽은 3명에 대해서도 기자들이 물을 수도 있으니 그것도 시나리오를 잘 구상하도록 해!"

-네, 네, 회장님! 그놈들은 일을 저질러 놓고 그걸 감당하지 못해 해외로 도주한 것으로 처리하겠습니다! 마침 방 과장이 몰고 온 승용차가 인천항 부두에 있으니 새벽에 다들 배를 타고 해외로 떠난 것으로 처리하면 문제없을 겁니다!

오장환은 차 부장이 마음에 쏙 들지는 않았지만 당분간 쓸 만한 인물이 주변에 없었다.

그러다 보니 차 부장을 곁에 두고 따까리로 부려 먹는 수밖에 없었다.

이를 위해선 떡밥 투척이 필요했다.

"차 부장! 내일부로 이사로 승진하게 될 걸세! 그러니 이번 일은 무덤까지 가져가야만 할 거야."

-물론입니다! 감사합니다, 회장님! 더욱 충성을 다하겠습니다!

차 부장과 통화가 끝난 오장환.

나중에 상황을 봐가면서 차 부장도 정리할 계획이었다.

배신할 스타일은 아니지만 직설적인 성격에 바른 소리도 잘하고 말도 많았다.

실수를 할 우려가 높다 보니 오래 곁에 둘 인물은 결코 아니었다.

'대체 뭐라고 올라왔기에?'

오장환이 넵튜에 접속했다.

그렇게 잠시간 대중의 반응을 살펴보던 오장환의 얼굴이 시뻘겋게 변해 버렸다.

"이 모든 것은 신석기 그놈 때문이다! 그 빌어먹을 놈이 증정품 비누만 하나 내주었어도 유토피아에 스파이를 집어넣을 생각은 하지 않았을 거라고!"

오장환은 이번 일에 사람이 넷이나 죽어 나간 상황임에도 전혀 죄책감을 느끼지 않고 있었다.

오히려 넵튜에 올라온 녹음 파일로 인하여 명성을 질타하는 대중의 분위기가 형성된 게 모두 석기 때문이라고 몰았다.

게다가 더욱 분통이 터지는 것은 이번 일로 명성은 잔뜩 욕을 먹고 있는데, 반대로 신생 업체 유토피아는 세상에 널리 알려지게 된 것이니 배알이 꼴렸다.

'설마 이러다가 갤로리아에 입점한 유토피아가 우리 명성보다 매출을 더 올리는 것은 아니겠지?'

절대 그럴 일은 없을 것이라 여기지만 괜히 마음이 불안했다.

'그렇다면 유토피아가 갤로리아에 입점하기 전에 신제품을 출시하여 고가로 판매하는 정책도 좋겠군. 버러지 같은 대중은 우매해서 무조건 돈이 비싼 화장품이면 최고의 명품이라고 생각하고 있을 테니까. 내용물은 같되 겉포장만 다른 것으로 확 바꾼다면 무리 없이 그 안에 신제품을 출시할 수 있을 거야.'

오장환은 비열한 존재답게 얄팍한 수법으로 돈을 벌 궁리를 했다.

이제까지는 이런 식으로 사업해도 문제가 없이 잘 넘어갔기에.

기자회견을 열어 넙튜에 올라온 녹음 파일에 대한 문제를 죽은 비서실장에게 책임을 전가시켜 일을 마무리한 후.

조만간 그 문제가 잠잠해지면 신제품 출시로 매스컴에 홍보를 때려 박을 생각이었다.

또한 기존에 출시되었던 화장품은 이벤트를 대대적으로 벌여 대중의 환심을 살 생각이었다.

명품으로 알려진 명성화장품을 절반 가격으로 구입할 수 있게 이벤트를 연다면…….

버러지 같은 대중은 이번 일에 대해 잊고 다시금 명성을 찬양할 테니 말이다.

⁂

아침이 되었다.

하루 만에 부장에서 이사로 승진한 차정학.

그는 오장환을 대신하여 기자회견장으로 향했다.

단상에 오른 차 이사.

꾸벅!

일단 카메라를 향해 이번 일에 대한 사죄의 의미로 허리를 굽혀 정중히 고개를 조아렸다.

"이번 일은 저희 회장님과 무관함을 알립니다! 회장님을 모시던 비서실장이 과잉 충성심에서 단독으로 벌인 일이라는 것이 밝혀졌습니다! 어젯밤에 비서실장이 국민 여러분께 물의를 일으킨 점에 대해 반성한다는 유언장을 남기고 인천항 부두에서 차를 몰고 바다로 투신자살한 것으로 밝혀졌습니다!"

차 이사는 태연하게 거짓말로 국민들을 속였다.

그동안 직설적인 성격으로 바른 소리를 곧잘 하던 인물이었지만 이사로 승진을 하자 거짓말이 술술 나왔다.

“그리고 비서실장의 허언에 홀려 신생 업체 유토피아의 직원 채용 면접에 참석했던 3명은, 밤에 인천항 부두에서 비서실장과 접선한 후에 밀수선을 이용하여 해외로 도주한 것으로 추정되고 있습니다! 오장환 회장님께선 그들이 명성에서 해고된 것에 앙심을 품고 회사에 누를 끼친 상태이나, 관대한 마음으로 만일 그들이 진심으로 참회를 한다면 다시 명성의 직원으로 받아 주시겠다고 하셨습니다! 오장환 회장님을 대신하여 명성의 직원들이 물의를 끼쳐 국민 여러분의 심기를 불편하게 만든 점에 대해선 다시 한번 진심으로 사과드립니다!”

차 이사의 발표가 끝났다.

회견장에 참석한 기자들 중에서 여러 명이 이미 차 이사에게 돈 봉투를 받아먹은 상황이었기에 명성을 옹호하는 분위기로 나섰다.

게다가 비서실장이 작성했다는 유언장은 이번 일을 마무리 짓는 데 훌륭한 역할을 해 주었다.

유언장에 찍힌 비서실장의 지장.

기절한 상태에서 강제로 찍힌 것이나 그걸 세상 사람들은 알 리가 없었다.

“마지막으로 저기 여기자 한 분만 더 질문을 받고 기자회견을 끝내도록 하겠습니다!”

차 이사가 기자들 사이에 끼어 있던 여기자를 가리켰다.

본래는 이쯤 기자회견을 끝낼 생각이었지만 눈에 띄는 아름다운 여기자가 손을 들고 있자 그만 허세를 부리게 되었다.

“중요한 한 가지를 빠트리셨더군요.”

“제가 뭘 빠트렸다는 거죠?”

“이번 일이 유토피아와 연관이 있음을 잘 알고 계실 겁니다. 혹시 명성 회장님이 직접 유토피아에 방문하셔서 사과하실 생각으로 기자회견 내용에 빠트린 건가요?”

“하아!”

차 이사가 당황하여 여기자를 쳐다봤다.

기자들이 술렁거리기 시작했다.

“틀린 말은 아니네요.”

“하긴 이번 일이 유토피아를 겨냥한 일이니.”

“그곳에 정식으로 사과를 하는 것이 맞긴 하죠.”

“당장 사과하세요!”

“옳소! 사과하세요!”

“사과! 사과! 사과!”

결국 돈 봉투를 받은 기자를 제외한, 나머지 기자들이 일제히 단상의 차 이사를 향해 사과를 외쳐 댔다.

그만 얼굴이 시뻘게진 차 이사.

오장환이 유토피아를 찾아가 그곳에 직접 사과할 리 만무했기에 여기서 차 이사가 매듭을 짓는 것이 좋았다.

"죄송합니다! 명성의 직원이 물의를 일으킨 점에 대해 유토피아에 사과를 드리겠습니다!"

단상에서 고개를 숙인 차 이사.

진심으로 우러난 사과는 절대 아닐 터.

그래도 여기자 덕분에 유토피아에 사과했다.

"……!"

한편, 기자회견 상황을 유토피아 사무실에서 TV를 통해 지켜보고 있던 석기.

그가 주먹을 꽉 거머쥐었다.

여기자는 바로 홍민아였다.

※

청담동 10층짜리 건물.

그곳에 택시 한 대가 멈춰 섰다.

택시에서 내린 여자는 건물 안으로 들어서자 엘리베이터에 올라타선 가장 꼭대기 층인 10층 버튼을 눌렀다.

버튼 옆으로 〈유토피아〉란 상호가 적혀 있음을 볼 수 있었다.

여자는 바로 홍민아 기자였다.

그녀는 명성에서 주관한 기자회견장에 참석했다가 기자

회견이 끝나자 택시를 잡아타고 곧바로 이곳으로 달려온 것이다.

'조금 늦었지만 유토피아 대표에게 사과를 하고 그와 약속했던 것을 지켜야겠지.'

그녀는 기자회견장에서 명성의 차 이사에게 유토피아에 사과를 하지 않은 점을 지적했다.

그런데 사실 그녀도 유토피아 대표인 석기에게 사과해야 할 일이 있었다.

유토피아 창립식에 받은 비누.

증정품 비누를 사용한 후로 고질적인 그녀의 얼굴 피부가 너무도 깨끗하게 치유가 된 것이다.

그럼에도 차일피일 바쁘다는 핑계로 아직 석기에게 제대로 사과하지 못한 상태였다.

사과하지 못한 것에는 사실 이유가 있었다.

증정품 비누가 석기 말대로 효과를 보게 될 경우 그녀가 석기에게 했던 말이 있었다.

유토피아 홍보팀 직원이 될 것.

그래서 그녀는 단단히 각오를 하고 이곳을 찾아온 상태였다.

'K연예매거진에는 사표를 냈고. 이제 이곳에서 날 받아 주지 않는다면 다른 곳을 찾아봐야겠지.'

그녀는 엘리베이터 벽에 부착된 거울에 비친 자신의 얼굴을 바라보며 입술을 살짝 깨물었다.

한편으론 후회도 살짝 되었다.

국내에서 유명세를 날리던 K연예매거진에 어렵게 입사를 했고, 대리라는 직급까지 달고 있었다.

그럼에도 사표를 냈다.

석기와 했던 약속 때문이다.

물론 지나가는 말처럼 석기와 농담처럼 언급된 약속이니 모른 척 넘어가도 문제될 것은 없을 터였다.

하지만 했던 말을 없는 것으로 돌리기엔 그녀의 마음이 편치 않았다.

더구나 이렇게 그녀의 얼굴을 완벽하게 치유시켜 준 고마운 유토피아 대표였다.

그를 흉 본 것에 대한 사과도 하고, 감사 표시도 하는 것이 도리라 여겼다.

띠잉!

엘리베이터 문이 열렸다.

건물의 9층과 10층을 유토피아에서 사용하고 있었다.

신생 업체답게 아직은 소규모로 운영되고 있는 초라한 유토피아의 상황이었다.

하지만 홍민아는 유토피아의 미래가 아주 밝은 것으로 예상되었다.

증정품 비누.

그건 진짜배기였다.

마법과도 같은 비누였다.

그런 대단한 것을 만들어 내는 유토피아라면 반드시 크게 성공할 것이라 생각했고, 그런 곳에서 그녀의 꿈을 키우고 싶었다.

고생은 되겠지만 신생 업체가 거대 기업으로 성장하는 데 그녀도 한 손을 보태고 싶었다.

"안녕하세요, 신석기 대표님!"

홍민아는 대표실에 들어서자 집무실 테이블에 자리한 석기를 향해 인사를 했다.

말간 얼굴에 단정한 슈트 차림새.

연예인이라고 해도 믿을 정도로 너무도 멋진 석기의 자태였다.

K연예매거진에서는 연예인에 관한 기사를 주로 쓰다 보니 잘생긴 연예인을 숱하게 상대했다.

그럼에도 석기처럼 멋진 남자는 드물었다.

톱급 연예인이라 해도 석기보다는 매력적이지 못했다.

석기의 얼굴에선 빛이 났다.

저건 신비로운 아우라라고 표현하는 것이 맞을 터였다.

의자에서 일어난 석기가 홍민아의 곁으로 뚜벅뚜벅 다가와 환하게 웃으며 반겨 주었다.

"어서 오세요, 홍민아 기자님!"

오늘 아침 명성에서 주관한 기자회견에서 홍민아가 차 이사에게 한 방 먹여 준 것이다.

기자회견장에 참석한 기자들 중 누구도 생각지 못했던 점을 차 이사에게 지적했던 그녀였고, 결국 국민들이 지켜보는 상황에서 차 이사는 오장환을 대신하여 유토피아에 사과를 해야만 했다.

그랬던 그녀가 이번엔 석기에게 사과하러 왔다.

"대표님께 사과드리러 왔어요."

사실 석기는 홍민아가 왜 사과를 하려는지 알고 있었다.

유토피아 창립식.

그날 그녀는 석기를 허풍이 센 사람으로 오해하여 속으로 흉을 잔뜩 본 것이다.

"유토피아 창립식이 있던 날에 증정품 비누를 주셨을 때 속으로 대표님을 허풍이 심한 사람이라고 흉을 봤거든요. 그 점 정식으로 사과드립니다. 죄송합니다, 대표님!"

속으로 흉을 본 것이니 얼마든지 그냥 넘어갈 수 있는 일이었지만 그걸 이렇게 꺼낸 것을 보면 홍민아의 성격이 매우 솔직하다는 것을 눈치챌 수 있었다.

"그럴 수도 있죠. 그때는 비누를 사용하기 전이라 홍민아 기자님도 반신반의했을 겁니다. 충분히 이해가 되는 상황입니다. 설마 그것 때문에 찾아오신 것은 아니겠고, 다른 이유가 있겠죠?"

석기의 은근한 시선에 홍민아가 다시 고개를 숙였다.

"맞습니다! 대표님이 주신 증정품 비누를 사용하고 나서 이제 어디를 가도 미녀라는 소리를 듣고 있어요. 그 점에 대해 고맙다는 인사를 드려야 하는데 이렇게 늦었습니다! 진심으로 감사드립니다!"

홍민아는 진심을 담아 인사했다.

증정품 비누를 사용하고 나서 얼굴에 났던 트러블이 죄다 사라지자 그녀를 대하는 사람들의 태도가 백팔십도로 달라졌다.

그녀는 이목구비가 또렷하고 몸매도 늘씬했다.

딱 부족한 것이 바로 얼굴 피부였는데 그것까지 좋아지니 이젠 당연한 듯이 미녀 소리를 듣게 되었다.

"정말 잘되었네요. 전에 저랑 농담으로 했던 말이긴 하지만, 비누를 사용하고 피부가 좋아지면 우리 회사에서 홍보 일을 맡아 주시기로 했죠. 그렇담 이제 그 약속만 지키시면 되겠네요."

석기가 먼저 회사 일을 언급하자 홍민아는 속으로 안도의 한숨을 내쉬었다.

[아! 정말 다행이다. 이미 K연예매거진에 사표까지 냈는데, 모른 척 넘어갔더라면 다른 일자리를 알아봐야 했을 거야.]

홍민아가 반색하여 석기를 쳐다봤다.

"저를 정말 채용하실 건가요?"

"물론입니다. 오늘 홍민아 기자님 덕분에 명성의 차 이사가 기자회견장에서 우리 유토피아에게 사과를 하지 않았습니까? 그걸로 충분히 홍민아 기자님의 역량을 보여 준 셈입니다. 해서 홍민아 기자님이 우리 회사로 입사하시게 되면 직급은 팀장으로 모실 생각입니다."

"티, 팀장이라고요?"

"앞으로 우리 유토피아의 기획홍보팀을 홍민아 기자님께 맡길 생각입니다. 수많은 경쟁자를 물리치고 어렵게 입사하신 K연예매거진을 그만두고, 저희 유토피아로 오시는데 그 정도 대우는 해 드려야 하지 않겠어요?"

홍민아 눈이 동그래졌다.

"제가 K연예매거진에 사표를 낸 것을 어찌 아신 거죠?"

"다 아는 수가 있죠. 그리고 이곳을 찾아오셨다는 것은 앞으로 저희 유토피아에서 일을 하시겠다는 의미일 텐데, 다니던 직장을 정리하는 것은 당연한 일 아닌가요? 그런 점에서 과감하게 결단력을 내려 주셔서 감사하게 생각합니다."

홍민아의 속마음을 읽은 것은 비밀이었지만, 그녀가 K연예매거진까지 그만둔 것은 석기로서도 좀 감동이긴 했다.

기자회견에서 유토피아를 어필해 준 점도 그렇고 정말 대단한 여자였다.

이런 강단 있는 인물이 유토피아에 필요했다.

게다가 홍민아는 K연예매거진에서 기획홍보팀에서 일했

기에 유토피아의 기획홍보를 맡기기에 딱 적격이었다.

마침 기획홍보팀 인력을 구하려던 찰나였는데 운 좋게 그녀가 찾아왔다.

"저야말로 감사하게 생각합니다, 대표님! 앞으로 유토피아에서 생산되는 제품들의 장점을 최대한 부각시켜 제품들이 대중에 멋지고 근사하게 다가갈 수 있도록 열과 성을 다하겠습니다!"

홍민아의 각오를 다짐하는 인사에 석기가 흡족히 웃었다.

"연봉은 팀장급이시니 전에 다니던 직장보다는 한결 여유가 생기실 겁니다. 직원 채용 계약서 작정은 변호사님이 오시면 작성하도록 하고, 지금 시간이 한가하니 직원들과 인사나 나누도록 하시죠."

"네! 알겠습니다!"

"참고로 같은 건물 아래층인 7층과 8층에 홀리광고제작사가 위치하고 있습니다. 현재 그곳에 비누 광고 제작을 의뢰한 상태입니다. 앞으로 홍민아 기자님이 자주 상대할 곳이니 이따가 그곳도 찾아가서 인사를 나누는 것이 좋겠군요."

"네! 그럴게요, 대표님! 앞으로 기자님이란 호칭보다 팀장으로 불러 주시면 좋겠습니다. 저 이제 유토피아 직원이거든요."

"하하! 그게 좋겠네요."

홍민아는 유토피아에 취업한 것을 꽤 만족하게 여기는 기색이었기에 석기도 내심 기분이 좋았다.

훌륭한 인재를 손에 넣게 되었다.

배포도 있고 강단 있는 성격도 마음에 들었지만 석기는 무엇보다 그녀의 열정을 높이 샀다.

증정품 비누 후기.

어찌 보면 홍민아가 올린 비누 후기로 인하여 유토피아가 대중에 알려지기 시작1한 셈이었다.

살신성인의 정신으로 그녀의 얼굴을 찍은 비포 앤 애프터 비누 후기 사진을 인터넷에 올려 준 것이다.

그런 일을 한다는 것은 결코 쉽지 않은 일임에도 약속을 지킬 줄 아는 신의 있는 여자였다.

똑똑!

밖에서 노크 소리가 들렸다.

박창수가 대표실을 찾아왔다.

"박 부장님 마침 잘 왔습니다. 이쪽은 앞으로 우리 유토피아 기획홍보팀에서 근무할 홍민아 팀장님입니다."

석기가 홍민아를 소개하자 박창수는 전에 창립식에서 그녀를 보긴 했지만, 오늘 T.V에 얼굴을 비친 그녀를 만난 것에 아주 신난 기색이었다.

무엇보다 명성의 차 이사를 한 방 먹인 것을 너무나도 통쾌하게 여겼다.

"오호! 이거 유명 인사를 영입하셨는데요? 오늘 기자회견장에서 명성의 차 이사에게 유토피아에 당장 사과하라고 따졌던 여기자님 맞으시죠?"

"호호! 유명 인사는 아니지만 차 이사에게 사과하지 않은 점을 지적한 것은 맞아요. 아무튼 대표님 덕분에 유토피아 기획홍보팀에 입사하게 된 홍민아입니다! 앞으로 잘 부탁드려요, 박 부장님!"

"반갑습니다! 저도 잘 부탁드립니다! 근데 TV에 나온 것보다 실물이 더 아름다우시네요."

"좋게 봐주셔서 감사해요."

홍민아와 박창수가 화기애애하게 인사를 나누고 나자 석기가 분위기를 환기시키듯이 박창수를 쳐다봤다.

"박 부장님! 뭔가 할 말이 있어서 여기에 오신 것 같은데. 무슨 일로 오신 거죠?"

"아! 맞다! 홀리광고 유 과장님이 대표님에게 비누 광고 제작 건으로 상의할 얘기가 있다고 하셔서요."

"저랑 상의할 얘기요?"

"비누 광고를 찍을 마땅한 연예인이 없나 보더라고요. 톱급 연예인에 맞먹는 신인 연예인을 찾으려니 쉽지 않죠. 이러다가 비누 광고가 너무 늦게 제작되는 것은 아닌지 걱정입니다. 대표님께서 가서 유 과장님에게 잘 좀 얘기를 해 주세요."

"알았어요. 홍 팀장님! 마침 잘되었네요. 홀리에 함께 가서 인사를 나누는 게 좋겠어요. 어차피 앞으로 광고에 관한 일은 홍 팀장님이 담당하게 될 일이니 말이죠."

"네! 대표님! 그럴게요."

박창수는 광고를 앞으로 홍민아가 맡게 되었다는 말에 '이제 또비는 자유예요!'를 외쳐 대는 바람에 한바탕 웃음이 터져 나왔다. 회계나 분석 같은 일은 잘해도 창의적인 일은 젬병인 박창수였기에 사실 홍민아가 유토피아에 합류한 것을 가장 기쁘게 받아들였다.

※

홀리광고제작사.

건물의 7층과 8층을 사용했다.

홀리광고 대표는 재정 지원을 담당했고, 실질적인 광고 제작은 유승열 과장이 담당했다.

8층에 유승열 과장 사무실이 있었기에 비상계단을 통해서 그곳에 내려간 석기는 유승열에게 홍민아를 소개했다.

"오늘부로 저희 유토피아 기획홍보팀에 입사하신 홍민아 팀장님입니다. 앞으로 우리 회사에서 생산된 제품의 광고 관련 일은 홍민아 팀장님과 상의하시면 될 겁니다."

"허어!"

그런데 석기의 소개에 홍민아와 인사를 나눌 기색이 없이 유승열이 넋이 나간 기색으로 홍민아의 얼굴을 빤히 쳐다볼 뿐이었다.

[바로 이 얼굴이다!]

유승열 속마음이 들렸다.

"유 과장님! 왜 그러시죠?"

석기는 유승열의 속마음을 읽자 그가 홍민아를 비누 광고 모델로 삼으려는 것을 눈치챘지만 모른 척 물을 수밖에 없었다.

"신 대표님! 제가 찾던 비누 광고 모델이 바로 이 얼굴입니다! 대중에 알려지지 않은 신선한 얼굴이면서도 느낌이 딱 살아 있는 것이, 바로 제가 원하던 모델의 얼굴입니다!"

아마 유승열은 오는 명성에서 주관한 기자회견을 보지 못한 것이 분명했다.

한번 무언가에 집중하면 오로지 그것밖에는 안중에도 없는 사람이 바로 유승열이긴 했다. 그랬기에 지금 유승열 머릿속엔 오로지 비누 광고 모델로 어울리는 인물을 생각하느라 정신이 없을 터.

"홍민아 팀장님을 비누 광고 모델로 삼겠다는 말씀인가요?"

"홍민아 팀장?"

방금 석기가 홍민아를 유승열에게 소개했지만 그것마저 귀로 흘려들은 것이 분명했다.

그만큼 그가 홍민아를 보는 순간 필이 파팍, 하고 꽂히는 바람에 주변에서 어떤 일이 벌어져도 알 바가 아니긴 했을 테지만.

그런 연유로 석기가 다시 홍민아를 유승열에게 소개하는 수밖에 없었다.

“여기 이분은 오늘부로 저희 유토피아의 식구가 된 홍민아 팀장님이십니다. 기획홍보팀을 맡게 되었으니 앞으로 유 과장님과 광고 관련한 일로 자주 보게 될 겁니다.”

그제야 유승열은 정신을 차렸는지 옷에 오른손을 몇 번 문지르더니 홍민아에게 악수를 청하고자 손을 내밀었다.

“제가 초면에 굉장히 실례했군요! 저는 홀리광고의 유승열 과장입니다. 유토피아에 입사하신 것을 축하드립니다!”

“감사합니다! 전 홍민아라고 해요. 앞으로 잘 부탁드려요.”

“저도 잘 부탁드립니다! 여기까지 오셨으니 소파에 앉아서 광고 관련 얘기를 좀 더 나누는 것이 어떻겠습니까?”

유승열의 제안에 홍민아가 석기를 힐끗 쳐다봤다. 인사만 하러 온 것인데 벌써 업무를 봐도 되는지 석기의 허락을 구하려는 의도일 터.

안 그래도 유승열이 홍민아를 어떻게 생각하고 있는지 알고 있기에 석기는 웃으며 고갤 끄덕여 주었다.

다들 근처의 소파로 자리했다.

종종 회의하는 용도로 사용하는 소파인지 테이블이 널따란 편이었다.

테이블엔 유토피아에서 온 세 사람과 홀리광고 쪽은 유승열과 직원 두 사람이 더 자리했다.

어쩌다 보니 자연스럽게 회의 분위기로 돌입한 상황이 되어 버렸다.

그런데 유승열과는 달리 홀리광고 직원 두 명은 명성에서 주관한 기자회견을 본 모양인지 홍민아를 눈을 빛내며 주시했다.

[대박! 기자회견장에 나왔던 여기자 아냐?]

[기자가 어떻게 유토피아에 입사하게 된 거지?]

직원들의 속마음을 읽은 석기가 피식 웃으며 유승열을 쳐다봤다.

"유 과장님은 오늘 명성에서 주관한 기자회견을 보지 못하신 모양이죠?"

"명성에서 오리발을 내밀 것이 뻔해서 아예 보지 않았습니다. 보면 속만 답답할 듯싶어서요. 그런데 기자회견에 무슨 특별한 얘기라도 나온 건가요?"

유승열의 질문에 직원들이 옳다구나 싶었던지 흥분하여 떠들어 댔다.

"과장님! 홍민아 팀장님이 명성에 사과를 요구했습니다!"

"맞아요! 완전 멋졌어요! 하하!"

"그게 무슨 말이야? 홍민아 팀장님이 사과를 요구했다니?"

직원들의 말에 유승열이 의아한 눈으로 홍민아를 쳐다봤다. 할 수 없이 그녀가 나서게 되었다.

"제가 본래 K연예매거진 소속 기자였거든요. 물론 그곳에 사표를 내고 오늘부로 유토피아에 입사를 하게 되었지만요. 하여간 명성에서 죽은 비서실장에게 책임을 전가시키는 것도 못마땅했지만 그것보다 유토피아에 사과하지 않고 넘어가려는 것에 참을 수가 없어서 그만 질러 버렸죠."

직원 하나가 얼른 핸드폰을 조작하여 유승열에게 기자회견장에서 홍민아가 차 이사를 상대하던 장면을 보여 주었다.

그걸 잠시 바라보던 유승열이 입을 떡 벌리며 감탄을 하더니 홍민아의 얼굴을 빤히 쳐다봤다.

"정말 괜찮네요, 이런 분위기 오히려 더 좋아요, 하하하!"

유승열의 표정으로 보아 홍민아를 유토피아 비누 광고 모델로 단단히 점찍은 것이 분명했다.

석기로서도 한편으론 잘되었다는 생각도 없지 않았다.

증정품 비누 후기 사진.

인터넷에 그걸 올린 인물이 바로 홍민아였기에, 만일 비누 광고를 그녀가 찍게 된다면 확실한 홍보가 될 것은 당연했다.

그 전에 홍민아의 의중을 물어봐야 했기에 이번엔 석기가 나섰다.

“홍민아 팀장님! 보아하니 유 과장님은 유토피아 비누 광고 모델로 홍민아 팀장님을 점찍으신 모양인데요. 그 점에 대해 어떻게 생각하시죠?”

“흐음, 광고 모델이 된다는 것은 이제까지 한 번도 생각해 본 적이 없던 일이라 좀 당황은 되지만…… 그래도 기분은 나쁘지 않는데요? 근데 제가 진짜 비누 광고 모델을 해도 괜찮은 건가요?”

홍민아의 긍정적인 태도에 유승열이 흥분한 기색으로 얼른 답변을 이어 갔다.

“물론입니다! 전 홍민아 팀장님을 척 보는 순간 바로 필이 왔습니다! 유토피아 비누 광고 모델로 홍민아 팀장님만큼 제격인 인물은 단연코 없을 거라고 말이죠.”

석기가 결론을 짓듯이 나섰다.

“저도 홍민아 팀장님이 유토피아 비누 광고 모델이 되는 것을 좋게 생각합니다. 특히 홍민아 팀장님이 인터넷에 올린 증정품 비누 후기 사진은 우리 비누에 대한 검증이 된 셈이기도 하니 더욱 효과가 있을 것이라 생각합니다.”

석기의 말에 유승열의 눈빛이 번쩍 빛을 토해 냈다.

“설마 인터넷에 올라왔던 비포 앤 애프터 비누 후기 사진! 그것이 바로 홍민아 팀장님이시란 건가요?”

홍민아가 멋쩍게 고갤 끄덕였다.

"네! 맞아요. 동생이 찍어 준 사진인데 유토피아 대표님께 했던 약속도 있고 해서 올리게 되었어요."

"와우! 진짜 이거 스토리 오지군요! 너무 좋습니다! 완전 대박 광고가 될 것이라 봅니다!"

유승열은 크게 흥분했다.

기자회견에서 그녀가 보여 준 행동에 이어 인터넷에 올린 비누 후기 사진. 그것들을 잘만 조합한다면 인생 역작이 될 광고를 만들어 낼 수 있다는 생각에 들떠서 양 주먹을 부르르 떨어 댔다.

"유토피아에 입사도 하고, 비누 광고 모델도 하고. 제가 가장 득템을 했네요. 이거 꿈은 아니겠죠?"

홍민아 역시 감정이 벅차오르는 기색이었다.

유토피아 비누를 사용한 후로 인생이 달라졌다.

"꿈은 아닙니다. 비누 광고가 대박나면 유토피아와 홀리 광고제작사에도 좋은 일이니 모두가 득템한 셈이죠! 안 그래요, 유 과장님?"

"맞습니다, 대표님! 그런 의미에서 오늘 당장 광고 콘셉트를 잡도록 하고, 내일부터 촬영에 들어가도록 하겠습니다!"

그동안 모델을 구하지 못해서 지지부진했던 비누 광고 제작이 드디어 포문을 열게 된 것에 홀리 직원들도 즐거운 기색으로 환호성을 터트렸다.

그런 직원들의 분위기에 석기와 박창수도 신이 나는지 웃

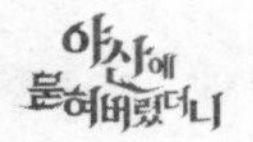

음을 지었다.

모두가 즐거운 표정들이다.

비누 광고.

느낌이 아주 좋다.

어쩌면 회귀 전에 홀리광고제작사에서 만들었던 샘물 광고보다도 더욱 엄청난 대박 광고가 될 것만 같았다.

※

한편, 명성기업 회장실.

오장환의 볼살이 실룩거렸다.

기자회견장에서 홍민아 기자로 인하여 국민들이 지켜보는 상황에서 차 이사가 유토피아에 사과한 것이 너무 불쾌했던 것이다.

"죄송합니다, 회장님!"

"아냐, 그 상황에선 차 이사도 어쩔 수 없었을 거야."

"하긴 그렇습니다. 만일 제가 사과하지 않았더라면 회장님께서 유토피아를 찾아가서 그쪽 대표에게 사과하는 일이 벌어질 수도 있었으니까요."

오장환이 차 이사를 못마땅한 눈빛으로 쳐다봤다.

확실히 죽은 비서실장과 자꾸만 비교가 되었다. 눈치가 없는 건지 너무 입바른 소리를 해서 상대 기분을 다운시키는 재주가 탁월했다. 하지만 지금은 내칠 시기가 아니었기에 마음에 차지 않더라도 곁에 두고 부려 먹는 수밖에 없었다.

"차 이사! 다시 한번 말하지만 이번 일은 정말 무덤까지 가져가야만 할 걸세."

"네, 네! 염려 마십시오! 제가 입 하나는 꽤 무겁습니다. 절대 비밀로 할 것을 맹세합니다!"

오장환은 호언장담하듯이 큰소리를 치는 차 이사가 영 신뢰가 가지 않지만, 지금으로써는 차 이사를 믿는 수밖에 없었다.

"근데 그 여기자는 어느 소속 기자야?"

"알아봤더니 K연예매거진 소속 기자였습니다."

"K연예매거진? 연예인들이나 쫓아다니는 기자가 그곳에는 왜 참석한 거야?"

"기자회견을 한다니 떡고물을 얻어먹을 생각에 개나 소나 다 집합한 거죠. 그래도 그 여기자 덕분에 죽은 이들에 대한 얘기는 쏙 들어가고 사과 얘기만 떠돌고 있으니 우리 명성으로선 다행 아닙니까?"

차 이사는 기자회견 당시 허세를 부리려다 홍민아에게 질문을 허락한 것이지만 그걸 오장환에게 밝힐 이유가 없었다.

"썩 만족스러운 기자회견은 아니었지만 그나마 잘 끝났으니 다행이네."

"제가 다 열심히 노력한 덕분 아니겠습니까? 하하!"

"흠흠, 그래. 하여간 수고했어."

"감사합니다! 그나저나 이런 날 세라 아가씨도 회사에 나오셔서 회장님께 힘이 되어 주시면 참 좋았을 텐데 아쉽습니다. 근데 아가씨 얼굴은 어떻게 좀 차도가 있으신지 모르겠습니다."

"조만간 외국에 나가 치료받게 할 생각이네."

"외국에요? 흐음, 그렇군요."

오세라 얘기에 오장환 표정이 꽤 불편해 보였다.

국내에서 내로라는 피부과 의사들을 오장환의 저택으로 출장을 오게 해서 오세라를 진료한 상황이나 차도를 보지 못하고 있었다.

그로 인해 오장환은 요즘 집에 들어가는 것이 겁이 날 정도였다.

이건 귀곡산장도 아니고, 밤마다 소리를 질러 대며 우는 오세라로 인하여 수면 부족까지 생긴 상황이었다.

"회장님! 만일 유토피아 비누가 진짜배기라면 아가씨를 생각해서 그곳이 얼른 갤로리아에 입점하는 것도 괜찮겠습니다."

"쯧쯧! 자네는 대체 생각이 있는 사람이야, 없는 사람이야! 우리 명성이 성공하려면 유토피아에서 생산할 비누가 효과가 없는 가짜여야 한다는 것을 모르나?"

"아하! 그 점은 또 그렇군요. 저는 그저 단순하게 아가씨를 생각해서 꺼낸 말인데 너무 노여워하지 마십시오.”

“으이구!”

오장환이 주먹으로 가슴을 펑펑 내려쳤다.

역시 구관이 명관이라는 말이 괜히 있는 것이 아닌 듯, 바닷속에 투신자살한 것으로 처리된 비서실장이 아쉬웠다.

“그만 잡소리 집어치우고 당장 화장품 공장에나 가 봐! 가서 신제품 출시에 지장이 없는지 잘 살펴봐!”

“신제품요? 그거 짜가 아닌가요?”

“짜가?”

“내용물은 똑같은데 포장만 바뀌는 거 아닙니까?”

“그래서 짜가라고?”

“네, 짜가는 짜가죠! 아닙니까?”

오장환은 감히 회장인 자신 앞에서 끝까지 입바른 소리를 하는 차 이사의 주둥이를 한 대 때려 주고 싶었다.

어떻게 눈치가 없어도 저렇게 없을 수가 있는 걸까.

“짜가든 뭐든 신제품만 출시된다면 유토피아를 확실하게 압도할 수 있을 걸세! 그런 의미에서 신제품 화장품을 홍보할 광고 모델로 톱급 연예인을 섭외할 생각이네!”

“톱급 연예인이면 돈이 꽤 들겠네요.”

“돈이 얼마가 들어도 좋아! 국내에서 최고로 잘나가는 여배우를 섭외하여 화려하게 광고를 찍을 계획이야!”

“그러니까 회장님 말씀인 즉, 짜가이니 품질은 무시하고 껍데기 광고로 대중을 현혹시키겠다 이거군요. 그것도 좋은 방법입니다!"

"으이구! 그놈의 짜가 소리를 좀 빼면 안 돼!"

오장환은 살심이 들끓었다.

차 이사를 측근으로 삼은 것이 판단 미스였다.

차라리 비서실장 대신 차 이사를 제물로 삼는 건데 그랬다는 후회가 밀려들었지만 이미 떠나간 배였다.

※

집으로 돌아온 홍민아.

발걸음이 날아갈 듯이 가볍다.

K연예매거진에 사표를 내고 나서 심적으로 부담도 없지 않았지만 유토피아에 더 좋은 조건으로 입사도 했고, 심지어 비누 광고 모델까지 하게 된 것이다.

게다가 유토피아 대표에게 선물도 잔뜩 받았다.

내일 광고 촬영을 한다는 것에 '성수'라는 특이한 샘물도 받았고, 앞으로 세간에 출시될 목적으로 만들어진 시제품 비누도 몇 가지나 받았다.

솔직히 그녀는 유토피아 비누 광고 모델이 된 것도 몹시 기쁘지만, 비누를 선물로 받은 것이 더 즐거웠다.

유토피아에서 만든 비누를 사용하고 예뻐진 덕분에 이런

좋은 일이 생긴 것인데 앞으로 사용할 비누가 잔뜩 생긴 것이니 말이다.

게다가 그녀에게 여동생이 있다는 말에 석기가 건네준 선물이 배로 늘어났다.

"동생아! 언니 왔다!"

홍민아가 의기양양한 모습으로 현관으로 들어섰다.

"언니 왔어?"

동생 홍진아가 뽀르르 다가왔다.

오늘 언니가 유토피아 대표를 만난다는 것을 알고 있었기에 동생은 가슴이 조마조마한 상태였다.

"어떻게 됐어? 취업시켜 준대?"

"그래! 나 이제부터 유토피아에서 근무하게 될 거야! 그것도 팀장급으로 말이지. 앞으로 월급도 더 많아질 거야."

동생이 손뼉을 치며 기뻐했다.

"와! 축하해 언니! 정말 잘되었다! 우리 언니가 이제 팀장님이라니 완전 기분 좋다!"

"근데 그것만이 아냐! 더 놀라운 사실도 한 가지 있거든."

"놀라운 사실? 그게 뭔데?"

"나 비누 광고 모델 한다!"

"비누 광고 모델? 그걸 왜 언니가 한다는 거야?"

"유토피아 아래층에 광고 회사가 있었는데 그곳에 대표님과 함께 인사하러 갔다가 어쩌다 그렇게 되었어."

"대박! 언니가 광고 모델이라니? 믿기지 않아!"
"완전 쩔지!"
"개쩔어! 흐흐! 하긴 우리 언니 요즘 완전 물오른 거 있지. 연예인들보다 더 예뻐. 그러니 광고 모델을 할 만도 하지."
"고마워! 호호호!"
"언니! 우리 축하 파티 하자! 치킨하고 맥주 사서 신나게 먹고 놀자! 아님 나가서 호프집에서 먹고 오는 것도 좋고!"
"나도 그러고 싶지만…… 파티는 내일로 미루면 안 될까?"
"내일? 왜에?"
"나 내일 광고 찍을 거거든."
"헐! 벌써 광고를 찍는다고?"
"그동안 마음에 드는 모델이 없어서 광고를 찍지 못하고 차일피일 미루고 있던 상태래. 그래서 빨리 광고를 찍어야 하나 봐."
"알았어! 그럼 내일 제대로 한턱 쏘는 거다?"
"오케이! 이거나 받아. 대표님이 진아 네 것도 챙겨 주셨어."
"내 것도? 완전 멋지다!"
"조만간 출시할 비누 시제품인데 어때? 색깔 예쁘지?"
"저번엔 쑥색 비누였는데 이번엔 다른 색깔도 있네."
"맡아봐. 향도 엄청 좋아."
"진짜네? 향 넘 좋다! 이것도 저번 비누처럼 효과가 있을까?"

"아마 그렇지 않을까?"

"근데 나 이 비누 진짜 써도 돼?"

"당근이지! 너랑 나눠 쓰라고 이렇게 많이 주신 거야."

"헤헤헤! 언니네 대표님 진짜 좋은 분이시다! 근데 그건 뭐야?"

동생이 쇼핑백 안에 남아 있던 나머지 물건을 발견하곤 고갤 갸우뚱거렸다. 그런 동생을 웃으며 쳐다보던 홍민아가 물건을 조심스레 꺼냈다.

"이건 대표님이 특별히 나를 위해서 챙겨 준 건데 네가 보기엔 뭐처럼 보여?"

"흐음, 생수 아냐?"

동생 홍진아의 대답에 홍민아가 킥킥거리며 웃었다.

사실 그녀도 유토피아 대표 앞에서 동생과 같은 반응을 보였던 것이다.

"이거 생수 아냐."

"그게 생수가 아니라고?"

"응! 생수가 아니라 성수야!"

"성수? 성스러운 물?"

"그런 의미로 보면 될 거야. 내일 광고 촬영 예쁘게 하라고 대표님께서 특별히 챙겨 주신 성수야."

"성수면 마셔도 되는 거야?"

"마셔도 되고, 얼굴을 세안해도 된다는데. 두 가지 다 해 보려고."

"신기하네. 맛은 어떨까?"

"글쎄다? 한번 마셔 보지, 뭐."

"내가 컵 가져올게."

동생이 가져온 컵에 홍민아가 조심스레 성수를 따랐다.

쪼르륵!

겉으로 보기에는 보통 샘물과 다를 바가 전혀 없었다.

하지만 홍민아는 이제 석기의 말이라면 팥으로 메주를 쓴다 해도 믿을 정도였다.

"어디 성수 맛은 어떤지 볼까?"

석기에게 받은 성수.

4일짜리 성수였다.

비누 〈연예인 1호〉에 사용한 성수가 3일짜리 성수라는 점을 놓고 보면 그것보다 한 차원 높은 성수인 셈이었다.

꿀꺽꿀꺽!

홍민아가 성수를 들이켰다.

이제까지 마셔 본 어떤 샘물도 상대가 되지 않을 정도로 청량한 성수의 맛에 정신없이 성수 한 잔을 다 마신 그녀. 입에서 빈 컵을 뗀 그녀의 동공이 파르르 흔들렸다.

"와아! 진짜 끝내준다!"

고작 물 한잔 마셨을 뿐이다.

그럼에도 세상이 달라보였다.

무엇보다 머릿속이 너무 개운했고, 온몸에서 싱그러운 활기가 넘쳐흘렀다.

그녀는 이토록 좋은 성수를 혼자 마시기 아깝다는 생각에 얼른 동생에게도 맛보게 하고 싶었다.

"진아야, 너도 마셔 봐."

하지만 성수를 따르려는 홍민아의 손길을 다급히 말리는 동생의 태도였다.

"그건 대표님이 언니 사용하라고 준 거야. 나는 여기 비누만도 충분히 만족해. 그러니 그건 언니가 잘 사용하고 내일 광고나 예쁘게 찍도록 해."

동생의 얼굴을 웃으며 바라보는 홍민아.

호기심으로 가득한 눈빛이나 동생은 언니를 위해서 성수를 마다했다.

"내가 동생 하나는 정말 잘 두었단 말이지. 좋아! 내일 광고 찍고 나면 우리 진아 내가 명품 핸드백 하나 사 준다!"

⊗

아침이 되었다.

어제 석기가 준 성수를 마시고 나머지로는 세안을 했던 홍민아.

"와! 언니 얼굴에서 빛이 난다! 모공이 안 보여! 진짜 아기 피부처럼 너무 깨끗하고 부드러워! 어떻게 이런 일이? 이러다…… 진짜 대박 광고 탄생하겠다! 와우! 와우우!"

욕실에서 세안을 마치고 나온 홍민아 얼굴을 살펴보던 동생은 크게 흥분하여 아무 말 대잔치를 펼치고 있었다.

홍민아 역시 거울에 비친 자신의 얼굴을 바라보며 그만 넋을 잃어버렸다.

증정품 비누.

전에 그걸 사용했을 때도 세상을 다 가진 느낌이었는데.

이건 그것과 또 다른 의미로 세상을 다 가진 느낌을 만끽하게 만들어 주었다.

너무 아름답다.

나르시스가 호수에 비친 자신의 얼굴에 반해서 호수만 들여다보다가 결국 죽어 버렸다는 신화를 듣고 별 거지 같은 내용도 다 있다고 콧방귀를 끼었는데. 지금 그녀는 나르시스의 심정이 이해가 갔다.

그 정도로 거울에 비친 그녀 얼굴이 성스럽고 아름다웠다.

'이게 성수의 효과? 대체 어떤 물이기에?'

어젯밤 성수를 마시고 몸매가 더욱 탄탄해졌다.

아침에 성수로 세안을 하고 얼굴이 아기 피부처럼 변했다.

이건 마법이나 다름없다.

'이런 얼굴 피부면 생얼로 광고를 찍어도 되겠다.'

역시 유토피아를 선택한 것.

그녀의 인생에서 최대 행운이 아닐 수 없었다.

비누 광고.

석기가 준 기회.

그걸 놓치지 않을 생각이다.

정말 멋지게 광고를 찍어서 유토피아의 앞날에 당당히 한 몫을 보태고 싶었다.

❈

홀리광고제작사.

홀리라는 단어는 본래 신성함을 상징하는 성스러운 의미였지만, 거기에 욕설이 붙을 경우에는 안 좋은 이미지를 풍긴다.

그럼에도 광고제작사 상호를 '홀리'로 정한 것은 유승열의 주장 때문이었다.

그는 홀리광고제작사에서 만든 광고들이 이왕이면 대중에 인상 깊은 강렬한 광고로 어필되기를 원했던 탓이다.

한번 보면 쉽게 사람들 뇌리에서 잊히지 않는 멋진 광고를 만들고 싶은 것이 그의 꿈이었기에 말이다.

그리고 드디어 유승열의 꿈이 한발 앞으로 다가왔다.

유토피아 비누 광고.

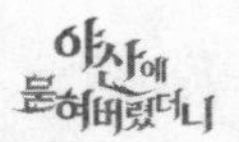

광고 촬영이 오늘이었다.

촬영 현장은 파주 스튜디오.

오늘 그곳에 홀리광고 제작팀을 비롯하여 유토피아에서도 대표 석기와 부장급 박창수도 함께 따라붙게 되었다.

유토피아를 대중에 처음으로 선보이는 첫 번째 광고가 될 비누 광고였기에, 석기는 촬영 현장을 직접 구경하고 싶었다.

[와! 진짜 아름답다!]

[아우라가 넘실거린다!]

[무슨 피부가 저리도 좋냐?]

[하룻밤 사이가 더 예뻐졌다!]

[이번 광고 난리 나겠는데?]

분장이 끝나고 촬영 의상을 걸친 홍민아를 광고 제작팀이 탄성 어린 눈으로 쳐다봤다.

여신을 대하는 눈빛들.

사실 오늘 생얼로 촬영 현장에 도착한 홍민아를 보는데 다들 살짝 넋이 빠질 정도였다.

생얼만으로도 빛이 나는 여자.

분장사들이 그녀 얼굴에 손을 대는 것이 꺼려질 정도로 피부가 예뻤다.

간신히 메이크업이 끝나자 광고 촬영 콘셉트에 맞게 의상까지 갖춰 입게 되었는데, 눈이 부실 정도로 아름다웠다.

[정신 똑바로 차리자!]

유승열은 눈을 부릅떴다.

여신처럼 아름다운 홍민아의 자태에 홀려서 광고를 망칠까 우려되었기에 말이다.

홀리광고제작사에선 광고 촬영부터 편집까지 모든 것이 유승열의 손을 거친다.

"오케이! 이제 마지막 한 컷만이 남았습니다!"

앞서 두 장면을 멋지게 소화한 홍민아였다.

의외로 카메라 체질이었다.

카메라를 들이대면 보통은 주눅 들기 마련인데, 홍민아의 눈빛은 오히려 더욱 당당해졌다.

덕분에 광고 촬영이 수월했다.

홍민아가 이런 일엔 생판 초짜인 탓에 촬영 일정을 며칠로 잡았는데 뜻밖에도 홍민아가 잘해 줘서 하루 만에 촬영이 끝나게 되었다.

"이제 광고의 마지막 장면 촬영만 남았습니다! 홍민아 팀장님! 오늘 정말 너무 잘해 주시고 있지만 마지막까지 잘 부탁드립니다!"

유승열이 홍민아를 향해 정중히 고개를 숙였다.

참 대단한 여자였다.

광고 모델 일이 처음이라 많이 힘들 텐데 한 번도 싫은 소리를 하지 않고 시키는 대로 모두 따랐다.

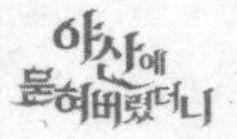

이번 비누 광고가 유토피아를 세상에 알리는 신호탄이 될 것이지만 홀리광고제작사도 마찬가지였다.

그동안 몇몇 회사에서 의뢰하는 크고 작은 광고를 몇 가지 찍었지만 이렇다 할 대작을 만들지 못했다. 그랬기에 유승열로선 이번 광고에 광기 어린 모습을 보이고 있었다. 홍민아에게서 가능성을 보았기에.

그리고 이제 하이라이트라고 할 수 있는 비누 광고의 마지막 촬영이 남은 것이다.

"홍민아 팀장님! 이번 장면에선 연예인보다도 더욱 연예인 같은 아우라를 보여 주는 것이 포인트입니다! 자! 포토 존 입구 스탠바이 하시고, 5분 후 촬영 들어갑니다!"

마지막 촬영 콘셉트는 영화제 포토 존.

레드카펫이 깔린 포토 존 앞에서 당당한 포즈를 취하는 장면을 연출하는 것이다.

이번 장면에서 대중을 사로잡지 못한다면 실패작이 될 터.

> 연예인을 겟한 당신!
> 이젠 당신이 연예인!

광고 카피로 이 말이 들어간다.

유토피아에서 생산한 비누를 손에 넣으면 누구든지 아름다운 연예인처럼 될 수 있다는 말을 함축적으로 표현한 카피

문구이기도 했다.

"레디! 액션!"

유승열의 숏 사인이 흘러나왔다.

포토 존 입구에 스탠바이하고 있던 홍민아가 당당한 포즈로 포토 존에 들어선다.

포토 존 주위로 기자 역할을 맡은 이들이 카메라 플래시를 터트리는 장면을 연출한다. 여기에 홀리광고 제작팀 인원이 기자로 분장하여 참여했다. 여신처럼 아름다운 자태를 뽐내는 홍민아를 향해 플래시가 터진다. 여러 각도에서 준비한 카메라가 그런 홍민아를 잡는다.

찰칵찰칵! 번쩍번쩍!

톱급 연예인을 뛰어넘는 아우라.

그걸 요구하고 있기에 충분히 부담되는 장면이기도 했다.

하지만 홍민아는 광고 콘셉트에서 원하는 매혹적인 표정을 잡아냈다.

'좋았어!'

유승열의 입꼬리가 떨린다.

이보다 더욱 멋진 그림을 건지는 것은 불가능했다.

그의 팔이 힘차게 허공으로 올라간다.

"오케이! 컷!"

마지막 장면이 끝났다.

광고 모델을 맡기 전까지는 일반인에 불과했던 홍민아였

지만 포토 존에 서서 카메라 플래시를 받자 그녀의 분위기가 달라졌다.

진짜 연예인.

딱 그 말이 어울린다.

하늘이 돕고 있다

명성기업 회장실.

요사이 오장환 측근으로 군림하고 있던 차 이사가 오장환을 찾아와 유토피아 소식을 전달했다.

"뭐라고? 유토피아에서 비누 광고를 찍었다고?"

"네! 회장님! 그것도 하루 사이에 광고를 뚝딱 완성했답니다! 정말 놀랍지 않습니까?"

차 이사의 보고에 오장환은 어이가 없다는 표정을 짓다가, 이내 콧방귀를 끼듯이 말했다.

"하루 사이에 완성된 광고가 과연 제대로 된 광고일까? 흙수저 주제에 어쩌다 로또에 당첨되어 회사를 차리긴 했지만 자금력이 딸리는 것이 분명해. 그래서 회사 사정상 하루 만에 광고를 찍어 낸 모양일세."

"그 점은 저도 회장님 말씀에 동감입니다. 자금력이 충분했더라면 그렇게 후딱 광고를 찍었을 리는 없겠죠. 한데 문제는 그쪽 비누 광고 모델이 신경이 쓰입니다."

차 이사의 말에 오장환의 눈빛에 의문이 일렁였다.

"왜 광고 모델에 신경이 쓰인다는 거지? 돈도 없는 놈이 톱급 연예인을 섭외했을 리는 절대 없을 텐데. 광고 모델이 대체 누구인데?"

"회장님께서도 아는 인물입니다."

"내가 아는 인물이라면 아무래도 연예인 중의 하나인가 보군. 분명 톱급은 아닐 테니…… 조금 잘나가는 신인 연예인을 모델로 쓴 건가?"

차 이사가 고개를 저어 댔다.

"연예인은 아닙니다."

"연예인이 아니라고?"

"물론 나중에 그쪽 광고가 뜨면 연예인 소리를 들을 수는 있을지 몰라도 지금은 연예인은 절대 아닙니다. 참고로 말씀드리자면 그쪽 비누 광고 모델을 했던 인물이 현재 유토피아 직원이 된 상태지만 말입니다."

오장환 인상이 살짝 찡그려졌다.

"그게 대체 무슨 말이야, 방귀야! 설마 유토피아 직원이 광고 모델이라도 했다는 거야?"

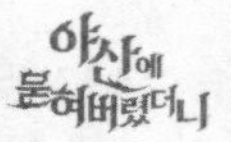

"네! 맞습니다! 확실히 자금력이 딸리는 회사라서 그런지 직원을 광고 모델로 삼긴 했지만 문제는 그 여자가 바로 기자회견에 나왔던 여기자란 점입니다."

"사과하라고 지랄 떨던 그 여기자 말인가?"

"맞습니다! 물론 그 정도 외모면 광고 모델을 해도 문제가 될 것은 없긴 하지만요."

기자회견에서 그 수모를 당하고도 여기자 외모를 좋게 평가하는 차 이사의 태도에 오장환이 짜증을 내듯이 인상을 구겼다.

"혹시 신석기 그놈! 그놈이 여기자를 기자회견장에 보내서 사과하라고 지랄을 떨게 했던 건가?"

"그건 저도 모르는 일이지만 문제는 여기자가 유토피아 직원이 되었다는 점입니다. 그리고 그곳의 비누 광고를 찍었고요. 그쪽의 광고 제작팀에서 흘러나온 말이니 틀림없는 팩트일 겁니다."

차 이사의 발언에 오장환이 다시 인상을 구겼다.

팩트라는 말에도 뭔가 미심쩍은 구석이 있는 탓이다.

"그 여기자. K연예매거진 소속이라고 하지 않았나?"

"저도 그렇게 알고 있었습니다만, 갑자기 하루 사이에 소속이 유토피아로 바뀐 상황입니다. 거기에 광고 모델까지 했고요."

"뭐가 그리 복잡해!"

“그러게 말입니다. 저도 아직 풀리지 않은 미스터리입니다. K연예매거진이면 그래도 국내에서 꽤 알아주는 편인데 왜 거길 그만두고 돈도 없는 신생 업체를 들어간 건지 의문입니다. 참고로 이건 제 생각이지만 아무래도 유토피아 대표가 여기자의 미모에 홀려 그 여자를 광고 모델을 시켜 준다고 회사로 끌어들인 것이 아닐까 싶습니다.”

차 이사의 생각이 타당성이 있다고 판단했는지 오장환이 조소를 흘리며 유토피아를 헐뜯었다.

“버러지 같은 놈이 버러지 같은 일만 하는군! 그렇다면 그쪽에서 찍은 광고는 전혀 염려할 것이 없겠네. 사업도 조만간 망조의 길로 들어설 것이 안 봐도 비디오네.”

“그럴 확률이 높긴 합니다! 게다가 유토피아에서 광고를 의뢰한 곳이 바로 듣보잡 광고제작사란 점입니다.”

“듣보잡 광고제작사?”

“홀리라는 광고제작사인데 유토피아와 같은 상가 건물에 위치하고 있다고 알고 있습니다. 그러니 광고 제작에 돈도 많이 안 들이고 대충 찍었을 것이라 여겨집니다.”

차 이사의 말에 오장한의 입가에 비열한 미소가 번졌다.

“차 이사! 우리도 빨리 화장품 광고 제작을 서둘러야겠어. 이왕이면 신석기 그놈 회사의 비누 광고가 나올 시기에 맞춰서 우리 명성 광고를 매스컴에 터트리는 것이 좋겠어. 그래야 그쪽과 더욱 확실하게 비교가 될 테니 말일세.”

"오호! 굿 아이디어입니다! 역시 회장님 사업수단은 백단이십니다! 하하하!"

차 이사의 아부에 기분이 좋아진 오장환이 잠시 코를 벌름거리다가 다시 대화를 이어 갔다.

"모델 섭외는 된 건가?"

"회장님께서 톱급 연예인으로 섭외를 하라고 하셔서 현재 그쪽과 협상 중인 상태입니다."

"협상 중?"

"저희 명성에서 섭외하고자 찍은 여배우가 바쁘다는 이유로 대답을 미루고 있습니다."

"쯧쯧! 톱급 배우면 당연히 바쁘긴 하겠지만, 그건 순전히 핑계고 몸값을 올리려는 수작일 걸세. 그렇다면 현재 제안했던 모델료를 3배로 껑충 올려서 불러 봐. 분명 오케이를 할 테니까."

"회장님! 현재 그쪽에 제안한 모델료도 상당히 높은 금액입니다. 그 금액에서 3배를 준다면 이건 너무 심하지 않나 싶습니다."

"지금 돈이 문젠가? 이건 그 천둥벌거숭이 같은 놈을 납작하게 눌러 줄 좋은 기회야! 감히 우리 명성에서 제 발로 나간 놈이 나를 엿 먹이고자 같은 사업에 손을 댄 상황이라고! 그런 놈이 또다시 생기지 못하게 단단히 밟아 버려야만 해!"

오장환의 살벌한 기세에 차 이사가 얼른 고개를 끄덕였다.

"알겠습니다! 당장 기획홍보팀에 연락해서 모델료를 3배로 제안하라고 전달하겠습니다!"

"그래! 빨리 움직여! 광고제작사도 국내에서 최고로 유명한 곳으로 섭외해! 우리 명성은 신생 업체 따위와는 차원이 다르다는 것을 보여 줄 필요가 있어!"

오장환은 이번 신제품 화장품 광고로 신생 업체 유토피아를 잔인하게 밟아줄 작정이었다.

명품 백화점 갤로리아에 유토피아가 입점하기 전에 분수를 알도록 미리부터 자근자근 다져 놓는 것도 좋겠다고 생각했기에.

⊗

건물 옥상.

그곳에 올라온 석기와 박창수.

"명성에서 신제품 화장품 광고를 찍는다면서?"

"우리 비누 광고를 엿 먹이려는 의도일 거야."

"그곳에선 톱급 여배우 민예리를 모델로 섭외했다고 하던데. 광고제작사도 국내에서 가장 인지도 높은 곳이고."

석기가 피식 웃었다.

"왜 우리 광고가 명성에 밀릴까 봐 걱정 돼?"

"나야 당연히 우리 비누 광고를 믿지. 근데 문제는 홍 팀장은 그렇지 않을 수도 있을 거야."

"하긴 대중에 널리 알려진 민예리가 명성 광고 모델이라니 걱정이 되는 것은 당연할 거야. 하지만 그쪽에서 아무리 돈을 펑펑 들여서 광고를 찍는다고 해도 우리 광고보다는 못할 거라고 생각해."

"네가 그렇게 확신하다면 홍 팀장에게도 안심시켜 주는 것이 좋겠다."

"지금은 홍 팀장에게 어떤 말을 해도 안심되지 않을 거야. 하지만 홍 팀장도 차차 알게 될 거야. 맹세컨대 우리 비누 광고 분명 대박 광고가 될 거거든."

그때 옥상의 입구에 서 있던 홍민아.

그녀는 어쩌다 보니 석기와 박창수가 나누는 대화를 엿듣게 되었다.

명성에서 출시하는 신제품 화장품 광고를 톱급 여배우인 민예리가 찍는다는 소식을 접하자 너무 불안하고 걱정이 되었다.

그런데 지금 석기의 얘기를 듣고 나자 그녀는 이상하게 마음이 차분히 가라앉았다.

석기와 박창수가 있는 곳을 조용히 바라보던 그녀는 옥상의 계단을 내려오기 시작했다. 그런 그녀의 표정은 참으로 편안해 보였다.

한편 홀리광고제작사.

유토피아 비누 광고를 찍었던 유승열도 명성 신제품 화장품 광고를 찍는다는 소문을 들었다.

국내에서 내로라는 광고제작사에서 명성의 광고를 맡게 되었다는 것에 직원들이 다소 동요를 하긴 했지만 그의 태도는 태연했다.

유승열 역시 석기처럼 이번에 찍은 유토피아 비누 광고를 단단히 믿고 있었다.

비록 하루 만에 찍은 광고였지만 그의 인생에 있어서 두 번 다시 찍기 어려운 최고의 광고가 될 수도 있었기에.

“지금부터 편집 들어갈 테니 당분간 나 찾지 마!”

유승열은 광고 편집실로 향했다.

완벽한 광고를 만들기 위해서는 촬영한 영상을 가지고 며칠간 씨름을 해야만 할 터. 고된 노동이 될 수도 있었지만 편집실로 향하는 유승열의 표정은 재미난 장난감을 받은 아이처럼 너무도 즐거워 보였다.

다음 날.

명성 기업 회장실.

창가에 선 오장환의 곁으로 차 이사가 다가와 보고를 했다.

"회장님! 민예리 씨가 지금 막 회사에 도착했다고 합니다!"

"그래?"

"확실히 모델료를 3배로 제안한 것이 효과를 본 모양입니다. 거만한 여배우가 직접 회장님께 인사를 드리겠다고 찾아온 것을 보면요."

톱급 여배우 민예리가 회사를 찾아왔다는 것에 흥분한 차 이사의 기색인지라, 오장환이 분위기를 환기시키듯 주의를 주었다.

"차 이사! 이따 민예리 배우 앞에서 입조심하도록 하게."

"민예리 배우 앞에서 절대 신제품 화장품이 짜가라는 소리를 하지 말란 말이죠?"

"맞네. 그 소리가 나오지 않도록 진짜 조심해야 할 걸세. 자신 없으면 아예 밖으로 나가 있든가."

오장환의 언급에 차 이사가 다급히 손을 내저으며 말했다.

"아, 아닙니다! 자신 있습니다! 근데 혹시 민예리 배우가 신제품으로 출시될 시제품을 요구하면 어쩌실 겁니까?"

"시제품을?"

"민예리 배우는 완벽을 추구하는 성향이라고 알고 있습니다. 그런 점에서 우리 명성 광고 모델을 맡게 되었으니 미리 신제품 화장품을 사용해 볼 생각에 시제품을 요구할 수 있지 않나 싶어서요."

"흐음."

오장환 눈빛에 고민이 엿보였다.

명성에서 이번에 출시할 신제품 화장품. 내용물은 기존 제품과 같지만 포장만 바뀐 상태였다.

차 이사의 말처럼 민예리가 신제품으로 출시할 화장품의 시제품을 요구할 수도 있었다.

하지만 민예리가 신제품 화장품이 기존 제품과 같다는 것을 눈치챈다면 문제가 복잡해질 수도 있었다.

그걸 차 이사도 염려가 되었던지 다시 입을 열었다.

"만일 민예리가 시제품을 사용해 보고 기존 제품과 내용물이 같은 거라는 것을 눈치챈다면 곤란하지 않을까요?"

생각이 끝났는지 오장환 눈빛이 교활하게 번쩍였다.

"차 이사! 광고 모델 계약서에 화장품에 관련하여 함부로 입을 놀리지 못하도록 비밀 엄수에 대한 조항을 달긴 한 거지?"

"물론입니다! 회장님께서 특별히 언급하신 부분이라 추가 조항에 단서를 달긴 했습니다."

"그럼 됐어. 혹시 민예리가 신제품 품질로 트집을 잡는다면 비밀 엄수를 들먹이도록 하게. 그쪽에서 우리 광고 모델을 못하겠다고 나온다면 위약금으로 받은 돈의 10배를 토해 내야 할 테니, 민예리 소속사도 함부로 굴지 못할 걸세."

"아하! 이제 알겠습니다! 그래서 회장님께서 선뜻 민예리 몸값으로 3배를 제안하신 거군요!"

"그런 의도도 없지 않지."

"그렇다면 위약금도 마찬가지이겠군요. 다른 모델과의 계약에선 3배로 책정했는데, 민예리 계약 건만 유독 10배로 부풀린 것도 그런 의도로 해석하면 되겠군요."

"맞네. 그래야 찍소리 못하고 광고를 찍을 것이 아닌가."

오장환이 비열하게 웃었다.

한편으론 민예리를 잡기 위해서 모델료 3배를 제안한 것이 이럴 때 도움되었으니 말이다.

똑똑!

밖에서 노크 소리가 들렸다.

이번에 새로 채용한 비서실장이 안으로 들어와 보고를 했다.

"민예리 배우님이 오셨습니다!"

"안으로 들이도록 해."

"네! 알겠습니다!"

비서실장이 밖으로 사라지자 오장환은 소파로 자리했다. 차 이사는 소파에 앉지 않고 오장환 주변에 시립했다.

회장실 문이 열리고.

여배우 민예리와 소속사 대표가 들어왔다.

"오랜만에 뵙습니다, 오 회장님! 마침 제가 근처에 볼일도 있고 해서 우리 배우님과 함께 회장님께 인사나 드릴 겸 명성을 방문하게 되었습니다!"

하늘엔터 대표 채현우.

온화한 인상의 중년 사내가 명성 회장인 오장환을 향해 웃으며 먼저 인사를 건넸다.

오장환은 명성엔터가 망하고 나서는 엔터 쪽에 관심을 끊고 있던 터였기에 이렇게 서로 보게 된 것이 오래간만이긴 했다.

"잘 오셨습니다, 채 대표님! 그러고 보니 민예리 배우님이 하늘엔터 소속이었군요."

오장환이 사람 좋아 보이는 표정으로 민예리를 웃으며 쳐다봤지만, 여성편력이 심한 인물답게 속으론 그녀의 미모에 입맛을 다시고 있었다.

조막만한 얼굴에 늘씬한 자태.

긴 생머리에 베이지색 단정한 세미정장을 걸친 민예리의 모습은 여신처럼 아름답기도 했지만, 톱급 배우답게 품격이 느껴졌다.

"안녕하세요! 민예리입니다! 명성화장품 광고를 찍게 되어 기쁘게 생각합니다."

오장환의 끈적거리는 시선을 느꼈지만 민예리는 겉으론

불쾌한 기색 없이 차분하게 응대했다.

"저도 민예리 배우님처럼 아름다운 분을 명성 광고 모델로 섭외하게 되어 행복하게 생각합니다!"

오장환이 민예리와 즐겁게 인사를 나누는 모습에 차 이사도 공치사를 하고자 나섰다.

"저는 명성의 차 이사라고 합니다! 회장님께서 이번 신제품 화장품은 꼭 민예리 배우님으로 섭외하라고 말씀을 하시는 바람에 삼고초려의 정신으로 민예리 배우님을 어렵게 저희 명성의 광고 모델로 모실 수 있었습니다!"

"그래요, 우리 차 이사가 수고를 많이 했죠. 그럼 다들 소파에 앉아서 얘기를 나누도록 합시다!"

"그게 좋겠습니다, 회장님!"

상석을 차지한 오장환의 우측으로 하늘엔터 대표와 민예리가 앉았고 좌측으론 차 이사가 자리했다.

직원이 준비한 음료를 놓고 나가자 하늘엔터 대표 채현우가 먼저 명성을 찾아온 목적을 밝혔다.

"오 회장님! 오늘 저희가 이곳을 찾아온 것은 명성화장품 광고 모델이 되었으니 회장님께 직접 인사도 드리고 신제품 화장품 시제품을 받아 갈 생각으로 오게 되었습니다. 우리 민예리 배우님이 연기든 광고든 맡은 일에 한해선 워낙 책임감이 강하신 배우님이라서 광고를 찍기 전에 신제품 화장품을 사용해 보시고 싶다고 하십니다."

우려했던 일이 벌어진 것에 오장환이 심기가 불편했던지 헛기침을 흘리며 말했다.

“흠, 저희 명성에서 이번에 신제품으로 출시될 시제품이야 얼마든지 드릴 수는 있지만, 그 전에 제가 민예리 배우님에게 궁금한 것이 좀 있네요.”

“무엇이 궁금하시죠?”

하늘엔터 대표의 질문에 오장환이 슬쩍 민예리를 쳐다봤다.

“민예리 배우님께서 명성의 화장품 모델이 되셨지만 배우님이시니 그동안 사용하던 화장품이 있을 것이라 생각합니다. 주로 어느 회사의 화장품을 사용하고 계셨죠?”

민예리가 차분히 응대했다.

“외국의 유명 화장품보다 저는 국내의 제품인 명성화장품을 주로 이용하고 있습니다. 그런 점에서 이번에 제게 명성의 신제품 광고 모델을 제안해 주셔서 속으로 반갑게 생각하고 있었습니다.”

“하하하! 그렇게 생각해 주셨다니 감사합니다! 한데 민예리 배우님 같은 톱배우께서 저희 명성 제품을 애용해 주셨다니 정말 영광입니다.”

오장환의 다소 과한 너스레에 민예리가 조용히 미소로 응대하며 궁금한 것에 대해 질문을 이어 갔다.

“회장님! 이번에 출시될 신제품 화장품과 기존제품의 차이

점은 무엇인지 여쭤봐도 되겠습니까?"

"흠흠. 그 점에 대해선 저보다 우리 차 이사에게 설명을 듣는 것이 좋겠군요."

오장환은 설마하니 민예리가 이런 질문을 하리라곤 생각지 못했기에 당황한 나머지 차 이사에게 대답하도록 했다.

그러자 차 이사도 난감했기에 어색하게 웃는 얼굴로 민예리를 향해 거짓을 늘어놓기 시작했다.

"신제품으로 출시될 화장품은 전반적으로 기존 제품에 비해선 품질이 한 단계 업그레이드되었다고 보시면 될 겁니다."

"그래요? 그렇다면 직접 신제품을 사용해 보면 그 차이를 명확하게 알 수 있겠네요."

"그, 그렇겠죠, 흠흠."

차 이사가 당황한 기색으로 슬쩍 오장환을 쳐다봤다.

오장환 역시 심기가 불편해 보였다.

명성에서 이번에 출시할 신제품 화장품.

기존 제품과 내용물은 똑같은데 포장만 새롭게 바뀐 상태라는 사실을 차마 민예리에게 털어놓을 수는 없었으니 말이다.

민예리의 질문이 계속 이어졌다.

"신제품으로 출시될 품목으로는 뭐가 있죠?"

"기초 화장품 3종 세트와 스킨 커버입니다. 그중에서 민예리 배우님이 광고로 찍을 제품은 그 3종 세트가 아닌 스킨 커버가 되겠고요."

"스킨 커버를……."

차 이사의 말을 들은 민예리가 당황한 기색으로 하늘엔터 대표를 쳐다봤다.

스킨 커버.

피부의 잡티를 가려주는 화장품.

한편으론 스킨 커버는 명성화장품에서 생산한 제품 중에서 상당한 고가의 화장품인 셈이기도 했다.

그런데 문제는 그녀의 피부였다.

명성 제품 중에서 유일하게 그녀가 사용하지 않는 화장품이 바로 스킨 커버였던 것이다. 그걸 사용하면 이상하게 트러블이 일었다.

할 수 없이 민예리의 피부 상태를 익히 알고 있던 하늘엔터 대표가 나서게 되었다.

"실은 우리 민예리 배우님이 명성에서 생산한 기초 화장품은 즐겨 사용하고 있지만, 스킨 커버는 피부에 트러블이 심해서 다른 회사 제품을 사용하고 있거든요."

하늘엔터 대표의 말에 오장환과 차 이사의 표정이 좋지 못했다.

신제품으로 출시될 품목으로 기초 화장품 3종 세트를 집어넣은 것은 그것이 화장품의 기본 품목이라는 점에 배제할 수가 없었다.

하지만 스킨 커버를 집어넣은 것은 제품의 가격대가 상당한 고가라는 점에 매출을 최대한 끌어 올리려는 의도에서였다.

그랬기에 민예리에게 신제품으로 출시된 스킨 커버를 선전하게 만들 의도였다.

"민예리 배우님께서 명성의 스킨 커버를 사용할 시 트러블이 생긴다고 하셨는데, 그러면 광고를 찍을 때 스킨 커버를 사용하는 흉내만 내시면 되겠네요."

하늘엔터 대표가 민예리를 걱정스레 쳐다봤다.

완벽주의 성향인 민예리 배우가 그걸 용납하지 못할 터. 아무리 연기가 아니라 광고라지만 그런 식으로 찍는 광고는 대중을 기만하는 광고라고 여길 테니 말이다.

그래서 나름 자구책을 생각해낸 하늘엔터 대표 채현우가 얼른 차 이사를 향해 조율을 시도했다.

"차라리 스킨 커버 대신에 기초 화장품 3종 세트로 광고를 찍는 것이 어떨까요? 그거라면 우리 민예리 배우님도 사용하는 데 부담이 없을 테니 말이죠."

채현우의 의견에 오장환이 반발하듯이 나왔다.

"채 대표님! 그건 어려울 것 같군요. 스킨 커버를 광고로 내보내야만 매출 신장에 도움일 될 테니까요. 정 스킨 커버를 사용하는 흉내만 내는 것이 마음에 걸린다면, 현재 민예리 배우님이 사용하고 있는 타사 제품의 스킨 커버를 명성 제품의 용기에다 옮겨 담은 다음 광고를 찍는 방법도 있습니다."

하늘엔터 대표 채현우가 어이가 없다는 표정을 지었다.

"그건 정말로 대중을 기만하는 일이지 않습니까?"

"그렇긴 한데 민예리 배우님께서 명성의 스킨 커버를 사용하지 못한다고 하니 어쩌겠습니까? 그렇다고 이미 계약한 광고를 못한다고 뒤집을 수도 없을 테고요. 안 그래요, 채 대표님?"

오장환이 비열한 표정으로 채현우 얼굴을 지그시 주시했다.

채현우가 주먹을 꽉 거머쥐었다.

민예리가 만일 광고를 못 하겠다고 나온다면 위약금으로 받은 모델료의 10배를 토해 내야 한다는 점에 채현우의 속이 바싹 타들어 갔다.

후회가 되었다.

이럴 줄 알았더라면 처음부터 확실하게 어떤 제품으로 광고를 찍을 건지에 대해 정해 놓고 계약을 하는 건데…….

그저 신제품 광고 모델이 되어 주면 기존보다 3배 더 모델료를 준다는 말에 혹해서 그만 민예리에게 사인을 하게 만들었다.

채현우의 어두운 표정에 민예리가 나서게 되었다.

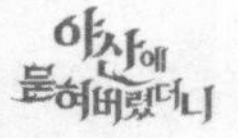

"대표님! 너무 걱정 마세요. 스킨 커버 광고 찍을게요."
"스킨 커버 광고를 찍겠다고요?"
"이번에 출시될 신제품 스킨 커버는 업그레이드가 되었다니 괜찮을 수도 있잖아요."
"그러다 트러블이 생기면 어쩌려고요? 광고 찍고 나면 금방 다른 작품 들어가게 될 텐데요."
민예리가 오장환을 쳐다봤다.
"회장님! 이건 여담이지만 소문에 회장님 자제분이 피부 트러블이 심해서 고생하고 있다고 들었어요. 이건 제 추측이지만 회장님 자제분도 스킨 커버를 사용하고 피부가 뒤집힌 걸 수도 있어요."
"우리 세라가 명성 스킨 커버를 사용해서 피부가 그렇게 뒤집힌 거라고요?"
"명성의 스킨 커버를 사용하고 술을 마신 경우 피부 트러블이 걷잡을 수없이 심해진 분을 봤거든요. 그래서 저는 신제품이 나왔다기에 그런 점이 혹시 보완이 되지 않았을까 생각했는데, 아닌가요?"
"……!"
오장환은 속으로 뜨끔했다.
딸 오세라의 얼굴 피부가 괴물처럼 뒤집힌 이유.
그것의 문제점이 민예리로 인하여 밝혀진 셈이었다.
'빌어먹을! 명성에서 만든 스킨 커버가 문제였다니.'

하지만 신제품 명성의 스킨 커버는 내용물은 기존 제품과 같고 겉포장만 바뀐 상태였다.

그걸 만일 이 자리에서 밝힌다면 민예리의 성격상 위약금을 물어 주더라도 신제품 광고 모델을 하지 않을 것이 분명했다.

그리고 그렇게 될 경우에는 문제가 아주 복잡해질 수 있었다. 명성의 신제품 스킨 커버에 실망한 대중이 불매 운동을 벌일 수도 있었다.

그렇게 되면 갤로리아에 입점을 코앞에 두고 있던 유토피아를 눌러 주려던 계획이 물거품이 될 터.

“물론입니다! 신제품으로 출시될 스킨 커버는 그런 문제점을 완벽하게 보완했으니 사용하셔도 피부에 아무런 문제가 없을 겁니다!”

오장환은 뻔뻔하게 나왔다.

문제점을 완벽하게 보완했다.

그건 새빨간 거짓말이다.

“민예리 배우님! 갑자기 이런 말씀 드려서 뭣하지만 시제품으로 드린 화장품은 놓고 가시는 것이 좋겠습니다!”

“그게 무슨 말이죠? 시제품을 놓고 가라고요?”

“혹시 민예리 배우님 피부에 문제가 생겨도 곤란하니까요.”

“방금 전에 문제점을 완벽하게 보완하셨다고 하지 않으셨나요?"

"그렇긴 하지만 시제품은 질이 떨어질 수도 있어서요. 차 이사! 얼른 시제품을 회수하게!"

"네! 회장님!"

오장환의 지시에 차 이사가 민예리 앞에 있던 시제품이 들어 있던 쇼핑 봉투를 재빨리 회수했다.

그렇게 시제품 쇼핑 봉투를 회수하자 오장환은 얼이 빠진 민예리를 웃으며 쳐다봤다.

"민예리 배우님! 신제품 광고 부디 잘 부탁드립니다! 저는 민예리 배우님만 믿고 있겠습니다!"

하늘엔터 대표 채현우와 민예리가 회장실에서 나가자 오장환은 시제품이 들어 있던 쇼핑 봉투를 휴지통에 처박아 버렸다. 그러고는 차 이사에게 또 다른 지시를 내렸다.

"당장 광고제작사에 연락해서 민예리 배우가 스킨 커버를 얼굴에 직접 사용하는 신은 죄다 빼 버리라고 전해!"

"알겠습니다, 회장님! 한데 이왕 이런 말이 나온 김에 스킨 커버의 성분을 확실하게 분석해 보는 것도 좋지 않겠습니까?"

차 이사의 제안에 오장환의 눈빛이 살기로 일렁였다.

"그랬다가 안 좋은 성분이라도 검출되면 어쩌려고? 이제까지 아무 문제없이 잘 팔아 넘긴 제품이야! 신제품 출시를 목전에 앞둔 상황에서 괜히 잡음이 일어나 봤자 득 될 것이 없어! 그러니 자네도 입조심하는 것이 좋을 걸세!"

"아, 알겠습니다!"

"그만 나가 봐!"

"네! 회장님!"

회장실에 혼자 남은 오장환이 이를 빠득 갈아 댔다.

명성의 스킨 커버.

지금까지는 매출을 올려 줄 일등공신이 되어 줄 제품이라 여겼는데, 자칫 걸림돌이 될 수도 있다는 점이 신경이 쓰였다.

그렇다고 폐기했다간 손해가 막심할 테니 뻔뻔스럽게 나가는 수밖에 없었다.

그런 점에서 오히려 신제품 스킨 커버의 가격대를 배로 높이는 것도 좋은 전략이었다.

⊗

명성기업 지하 주차장.

차 안에 앉은 두 사람.

운전석엔 하늘엔터 대표 채현우가, 조수석엔 민예리 배우가 타고 있었다.

"형부, 명성에서 우리를 속이고 있는 것 같아요. 이번에 출시될 신제품. 문제가 있는 것이 분명해요."

민예리가 운전석의 채현우를 향해 기획사 대표가 아니라 형부라고 칭하고 있었다.

그리고 채현우 역시 오장환 사무실에서는 민예리를 하늘 엔터 소속 배우님이라고 깎듯하게 대우를 했지만, 차 안에 단둘이 남게 되자 정말 형부와 처제의 사이처럼 그녀를 허물없이 대했다.

"처제 말대로 솔직히 나도 꺼림칙한 느낌을 받긴 했어. 시제품을 줘 놓고 그렇게 빼앗듯이 회수하다니, 정말 웃긴 사람들이지."

"뭔가 구린 구석이 있는 것이 분명해요. 제 질문에 대한 대답도 어딘지 회피하는 식으로 어물쩍 넘어가고 말이죠."

"하지만 국내에서 명품으로 알려진 명성 제품인데. 그것도 신제품 출시가 바로 코앞으로 다가온 상황인데 설마하니 신제품을 가지고 장난을 치겠어?"

민예리 눈빛이 번쩍였다.

"그래도 모르죠. 만일 신제품 스킨 커버가 기존 제품과 내용물은 똑같고 포장만 바뀐 상태라면, 명성 광고를 찍지 않는 것이 좋을 거예요."

채현우도 수긍하듯이 나왔다.

"그런 광고라면 처제의 이미지에도 안 좋은 영향을 끼칠 거야."

민예리 표정이 어두워 보였다.

"하지만 제가 광고를 찍지 않을 경우, 명성에 위약금을 10배나 물어줘야 한다는 점이 문제예요."

"미안해. 모두 나 때문이야. 명성에서 모델료를 3배로 준다는 말에 내가 그만 처제에게 광고를 찍으라고 강요한 셈이 되었지. 못난 형부 때문에 우리 처제가 고생이 많아. 기획사 대표로서도 이건 자질 부족이야. 어떻게 소속 배우에게 그런 광고를 찍으라고 등을 떠밀다니. 내가 죽일 놈이다, 죽일 놈!"

민예리가 채현우를 위로하듯이 나왔다.

"자책하지 마요, 형부! 그게 왜 형부 때문이에요. 언니를 살리기 위해서 형부도 돈이 필요해서 그런 건데요. 그리고 명성에서 정말 우리를 속인 거라면 그곳이 진짜, 진짜 나쁜 거죠."

"하아! 하여간 미안해."

채현우가 한숨을 푹푹 내쉬었다.

채현우는 오랜 기간 연애 끝에 민예리의 언니와 어렵게 결혼했는데 그만 언니가 뺑소니 교통사고를 당해 식물인간이 된 상태였다.

그때 당시 임신한 상태였는데 아이는 사고로 유산되었고, 부인은 5년이 지나도록 의식을 찾지 못해서 식물인간의 상태로 계속 중환자실에 누워있는 상황이었다.

사실 엔터 사업도 대출을 받아서 시작한 사업인데, 소속 연예인들도 민예리를 제외하고 나머지 연예인들은 운영에 별반 도움이 되지 못했다.

거기에 부인의 병원비까지 이중으로 돈이 들어가고 있다 보니 재정 상태도 바닥이었다.

그나마 민예리가 작년에 찍은 영화가 대박이 터져 스타로 급부상하는 바람에 이제 겨우 숨통이 트이고 있는 상황인데, 광고를 찍지 않아 위약금을 물게 된다면 하늘엔터는 자칫 파산할 수도 있었다.

광고 모델료로 30억을 받았는데 그것의 열배면 300억이나 되었다.

대부분 3배로 위약금을 잡는데 명성에선 모델료 3배로 주는 대신에 위약금을 크게 잡은 것이 결국 족쇄가 되어 버린 것이다.

"솔직히 돈을 생각하면 명성에서 거짓말을 하든 말든 모른 척 광고를 찍고 끝내면 그만인데요. 문제는 그렇게 광고를 찍고 나면 평생 후회할 것 같거든요."

"그래, 돈도 중요하지만 정말 명성에서 양심 없이 신제품을 속인 거라면 우리 광고 찍지 말자. 위약금을 물 돈은 내가 어떻게든지 마련해 볼 테니까."

"아뇨, 그곳에 위약금을 왜 줘요? 위약금 물어주면 하늘엔터 파산하게 될 거라고요. 그럼 언니는 누가 지켜 주죠? 그리고 솔직히 형부 돈 나올 구멍도 없잖아요."

“하아!”

민예리의 말에 채현우가 뭐라 대꾸를 흘리지 못하고 힘겹게 마른세수를 할 뿐이었다.

그런 채현우를 조용히 쳐다보던 민예리가 입술을 깨물었다.

“형부, 우리 이러면 어떨까요? 그냥 광고는 찍도록 하죠. 명성에서 이번 신제품 광고를 스톰광고제작사에 의뢰를 했다니 잘되었어요. 국내에서 최고로 인정받는 그곳이니 프라이드가 장난이 아닐 거예요. 하지만 명성에선 신제품이 기존제품과 똑같은 상태라면 아까 제가 오장환 회장 앞에서 했던 말도 있고 하니, 절대 스킨 커버를 사용하는 신을 찍지 못하게 막을 거라고요. 우린 그걸 이용하는 거죠.”

채현우가 눈빛을 반짝였다.

“그러니까 처제 말은 스톰광고제작사를 이용하여 명성 쪽에서 광고 모델 계약을 철회하도록 만들자 이거지?”

“네, 맞아요. 스킨 커버를 촬영하는 신만 찍는다면 문제가 자연스럽게 해결될 거라고 생각해요. 정말 신제품이 기존제품과 같은 품질이 분명하다면 반드시 트러블이 일 테니까요.”

“하긴 그렇게 되면 명성에서도 피부에 트러블이 심한 배우를 화장품 모델로 삼기에는 부담이 될 테니 위약금을 물지 않고 자동 계약 해지가 된 다 이거지?”

"네! 그쪽에서 계약 해지를 할 경우 받은 모델료를 돌려줄 필요도 없고 위약금을 물지 않아도 되거든요. 그리고 이건 명성에서 자초한 일이니 죄책감을 가질 필요도 없는 일이고요."

민예리의 말에 채현우가 걱정스러운 기색으로 물었다.

"그러다 피부 트러블이 낫지 않으면 어떡하려고. 다음 작품도 조만간 시작해야 텐데……. 얼굴 피부에 문제가 생기면 배우 활동에 지장을 초래할 텐데 말이지."

민예리 눈빛이 흔들렸다.

배우는 얼굴이 생명이나 마찬가지였다. 그런 배우의 얼굴 피부가 상하는 것이 그녀도 절대 내킬 리가 없었다.

하지만 지금으로선 아무리 생각해 봐도 다른 대안이 없었다. 그녀만 용기를 내면 되는 일이었기에.

그러면 언니도 계속 치료를 받을 수 있었고. 형부도 사업을 계속할 수 있었다.

그리고 내심 그녀가 믿는 구석이 하나 있긴 했다.

"형부, 유토피아 비누 후기…… 저번에 보셨다고 했죠."

"보긴 했지."

"조만간 그곳 제품이 갤로리아에 입점한다고 하네요."

"그건 나도 들었어."

"만일 스킨 커버를 사용하고 피부 트러블이 낫지 않는다면 그곳의 비누를 사용하면 될 거예요."

여전히 우려가 깃든 표정으로 채현우가 민예리를 쳐다봤다.

"그 비누 후기가 진짜일까?"

"어쩌면 진짜일 수도 있어요. 명성에서 신생 업체인 그곳에 왜 스파이를 사주하려 했겠어요. 뭔가 냄새가 나요. 그리고 명성에서 신제품을 이렇게 급하게 출시하려는 것도 유토피아를 의식한 일일 수도 있고요."

민예리 말이 끝나자 채현우가 주먹을 꽉 거머쥐었다. 처제를 제물로 삼으려는 자신의 행동이 비겁하게 여겨졌지만, 지금으로선 다른 대안이 없긴 했다.

채현우가 자책하듯이 말했다.

"처제. 형부가 너무 못났지."

"아뇨, 형부는 절대 못나지 않았어요. 저는 언니를 끝까지 포기하지 않는 형부가 오히려 자랑스러워요. 다른 남자 같았으면 벌써 포기하고 다른 여자에게 갈아탔을 거라고요."

민예리 눈가가 축축하게 젖어왔다.

언니는 그녀에게 부모 대신이었다.

어린 시절 부모를 일찍 여의게 된 그녀는 나이 터울이 심하게 지는 언니 손에서 커 왔다

좋은 것이 생기면 항상 언니는 동생인 그녀에게 양보했다.

또한 언니를 포기하지 않고 날마다 병실을 방문하는 형부

에게 고맙게 생각하고 있었다.

실은 그녀가 배우가 된 것도 언니와 형부를 돕고 싶어서였다.

예쁜 얼굴로 태어난 것이 그나마 행운이라고 생각했다.

※

스톰광고제작사.

국내 최고라는 소리를 들을 정도로, 그동안 스톰에서 제작한 광고 중에선 대박 광고로 알려진 작품들이 꽤 많은 편이었다.

그리고 그런 대박 광고가 죄다 양재기 감독의 손에서 탄생되었다는 것이다.

양재기 감독은 평소에는 사람이 순한 양처럼 보이지만, 광고와 관련한 일에서는 마치 두 얼굴의 사람처럼 변하곤 했다.

그랬는데 지금 명성에서 연락이 왔다.

-안녕하십니까, 양 감독님! 명성의 차 이사입니다! 실은 저희 회장님이 양 감독님께 특별히 요청할 내용이 있어서 이렇게 연락을 드리게 되었습니다.

"회장님이 제게 요청할 내용이 뭐죠?"

-내일부터 광고 촬영에 들어가게 되잖아요. 촬영 시에 모델

이 스킨 커버를 사용하는 신은 모두 빼 버리라는 회장님의 지시입니다!

“스킨 커버를 사용하는 신을 모두 빼 버리라고요? 광고 제작에 한해선 저희에게 모두 일임하겠다고 해 놓고 갑자기 이런 말씀을 하시면 좀 곤란하죠?”

–저희도 사정이 있어서 그렇습니다.

“대체 어떤 사정인지 자초지종 얘기도 없으시고, 이건 저희와 광고 계약을 파기하시겠다는 의미로 받아들여도 되겠습니까?”

양재기가 강하게 나오자 차 이사도 질 수 없다는 듯이 나왔다.

–양 감독님! 우리 회사 사정 상 자세한 말씀은 드리기 곤란합니다. 그러니 너무 빡빡하게 굴지 마시고 그냥 넘어갑시다! 그냥 모델이 스킨 커버를 바르는 신만 찍지 않으면 될 텐데 너무 무리한 요구도 아니지 않습니까? 그럼 저는 회장님 의견을 잘 전달했으니 이만 끊겠습니다.

차 이사와 통화가 끝난 양재기.

광고 제작에 한해선 전적으로 스톰광고제작사에 일임하겠다고 해 놓고서, 이렇게 광고 촬영을 하루 앞두고 요청 사항이라며 간섭을 하고 있는 것에 양재기는 용납이 되지 않았다. 그의 눈빛이 분노로 이글거리기 시작했다.

⊗

다음 날.

스톰광고제작사에선 스튜디오를 보유하고 있었기에, 그곳에서 명성 신제품 화장품 광고를 찍는 장소로 활용했다.

민예리가 촬영장에 도착하자 양재기가 다가왔다.

"안녕하세요, 민예리 배우님! 촬영에 들어가기 전에 민예리 배우님 의견을 여쭤보고 싶은 것이 한 가지 있어서요."

"네! 감독님! 말씀하세요."

"광고 촬영에서 저는 신제품 스킨 커버를 사용하는 장면을 넣을 생각입니다. 혹시 이 문제를 어떻게 생각하시나 궁금해서요."

"광고 제작은 감독님 소관 아닌가요? 저는 그저 감독님만 믿습니다."

"그렇다면 잘 알겠습니다."

양재기가 흡족히 고개를 끄덕였다.

민예리는 슬쩍 채현우와 눈짓을 교환했다.

양재기가 이런 말을 했다는 것은 역시 명성에서 간섭이 들어왔다는 의미일 터.

하지만 자존심 강한 양재기 감독은 그걸 용납하지 못하고 스킨 커버를 사용하는 신을 광고에 집어넣을 생각이 분명했다. 민예리로선 오히려 바라던 일이었기에 영악하게 양재기의 편을 들듯이 나왔다.

"레디! 액션!"

드디어 촬영이 시작되었다.

화장실로 연출된 스튜디오.

민예리는 세면대 거울을 바라보며 핸드백에서 신제품으로 출시될 스킨 커버를 꺼낸다. 그러고는 쿠션퍼프를 이용하여 스킨 커버를 찍어서 볼에 살짝 터치를 하듯이 바르는 모습을 연출한다.

톡톡!

스킨 커버로 한번 얼굴에 터치하면 하루 종일 지속력이 유지된다는 것을 보여 주려는 광고 콘셉트이다.

양재기는 명성의 요구를 무시하듯이 첫 신부터 스킨 커버를 사용하는 장면부터 광고 촬영에 들어갔다.

"오케이! 컷! 민예리 배우님 이번엔 다른 각도에서 스킨 커버를 사용하는 장면을 찍도록 하겠습니다!"

"네! 그러세요."

촬영이 계속 이어졌다.

스킨 커버를 사용하면 즉시 트러블이 일어나는 것은 아니었다. 육안으로 변화를 느낄 수 있기까지는 시간이 좀 걸렸다. 아마 촬영이 끝날 때면 효과가 나타날 터.

화장실 신이 끝났다.

서서히 얼굴이 간지럽기 시작했다.

문제점을 완벽하게 보완했다면.

절대 이런 반응이 일어날 리가 없다.

'역시 명성에서 거짓말했어!'

신제품으로 출시될 스킨 커버.

특유의 향과 피부에 닿는 느낌.

기존 제품과 그야말로 똑같았다.

이건 분명 무늬만 신제품이다.

⊛

'아주 훌륭한 배우야!'

양재기 감독은 상당히 흡족했다.

아름다운 톱급 여배우가 군소리 없이 양재기 감독의 지시에 적극적으로 임하는 태도를 보여 주었기에 촬영하는 내내 기분이 좋았다.

그렇게 오늘 촬영 분량을 모두 찍은 양재기 감독이 환하게 웃는 얼굴로 민예리를 쳐다봤다.

"민예리 배우님! 오늘 정말 고생 많으셨습니다! 그럼 내일 촬영도 잘 부탁…… 어? 배우님 얼굴이?"

드디어 효과가 나타났다.

민예리의 얼굴에 울긋불긋한 트러블이 잔뜩 일어난 것에 양재기 감독이 깜짝 놀라 쳐다봤다.

"이, 이게 뭐야? 내 얼굴이……."

거울을 들여다본 민예리.

각오를 했지만 흉해진 얼굴 피부에 울상이 되었다.

신제품 스킨 커버.

말만 신제품이지 기존 제품과 똑같은 성분의 스킨 커버였기에 당연한 반응이었다.

제작팀 스태프들도 민예리의 얼굴 피부가 이상해진 것에 술렁거리기 시작했다.

"맙소사! 배우님 얼굴이?"

"혹시 명성의 스킨 커버에 문제가 있었던 거 아냐?"

"이거 정말 큰 문제네요!"

"내일도 촬영이 있는데 저 얼굴로 광고 촬영이 가능할까요?"

"다른 광고도 아닌 화장품 광고인데, 저런 얼굴로 어떻게 촬영을 하겠어요."

술렁거리는 촬영 현장의 분위기에 촬영장에 따라붙은 하늘엔터 대표 채현우가 민예리의 얼굴을 살피듯 쳐다보더니 침통한 기색으로 한숨을 내쉬었다.

사전에 민예리와 나눈 얘기가 있긴 했지만, 막상 흉하게 변해 버린 그녀의 얼굴을 보자 가슴이 미어졌다.

보통 사람도 아닌 배우였다.

배우의 얼굴이 저리 흉하게 변한 것에 지금 말은 못해도 그녀도 펑펑 울고 싶은 심정일 것이다.

그럼에도 그걸 꾹꾹 눌러 참고 있는 민예리의 모습에 채현우는 속에서 뜨거운 감정이 북받쳐 올라왔다.

"대표님! 걱정 말아요. 전 괜찮아요."

"괜찮긴……."

민예리는 자신의 얼굴이 흉하게 변한 상태임에도 침통한 표정을 짓고 있는 채현우를 위로하듯이 나왔다. 그런 민예리를 향해 마지못해 고개를 끄덕여 준 채현우가 근처의 분장사에게 민예리를 부탁했다.

"우리 배우님 화장을 좀 지워 주시지 않겠습니까?"

"그럴게요."

지금 상태에서 최대한 빨리 화장을 지우는 편이 그나마 피부에 도움이 될 터. 분장사에게 민예리를 맡긴 채현우가 넋이 빠진 양재기 감독 쪽으로 움직였다.

이제부터가 중요했다.

명성의 신제품 스킨 커버.

그걸 사용하고 민예리가 저런 상태가 되었다.

한편으론 명성에서 거짓말을 쳤다는 것이 들통난 상황이다. 문제점을 완벽하게 보완했다는 오장환의 말은 거짓말이었던 것이다.

그렇다는 것은 신제품이 기존에 생산되었던 제품과 똑같은 화장품일 확률이 높았다.

하지만 심증은 그렇지만 뚜렷한 증거가 나온 것이 아니었기에 지금부터 양재기 감독에게 말을 하는 것을 최대한 신경을 써야만 했다.

"양 감독님께 드릴 말씀이 있습니다."

"하아! 아, 네에."

양재기는 광고 촬영이 끝나자 민예리 배우의 얼굴이 흉하게 변한 것에 너무 놀라고 당황하여 정신이 없던 상태였지만, 갑자기 채현우가 할 말이 있다는 것에 다급히 정신을 수습했다.

"실은 어제 오 회장님을 찾아뵙게 되었습니다. 오늘부터 신제품 광고 촬영을 시작한다는 것에 감사 인사를 드리고자 민예리 배우님과 함께 방문하게 되었죠."

"그, 그런데요?"

"어제 오 회장님의 말씀으론 신제품 스킨 커버의 문제점이 완벽하게 보완이 되었다고 하셨습니다. 해서 민예리 배우님도 그걸 믿고 용기를 내서 촬영에 임한 건데…… 결국 이런 일이 벌어졌습니다."

"그게 무슨 말씀이시죠?"

양재기 감독이 의아한 눈으로 채현우를 쳐다봤다.

채현우가 침을 꿀꺽 삼켰다.

한편으론 양재기를 속인 셈이다.

신제품 스킨 커버에 문제가 있을지도 모른다고 생각하고

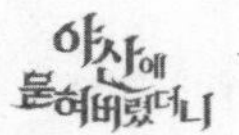

있었지만 그걸 양재기 감독에게 밝히지 않고 민예리가 광고 촬영에 임한 것이니 말이다.

하지만 명성의 신제품 광고 모델 계약 파기를 위약금을 물지 않고 하려면 어쩔 수 없었다.

위험을 감수하더라도 이것이 민예리와 채현우가 찾아낸 최선의 방법이었기에.

"민예리 배우님은 명성 스킨 커버를 사용할시 피부에 트러블이 일어나곤 했습니다."

"뭐, 뭐라고요? 그러면 광고를 찍어선 안 되는 거 아닌가요?"

"맞습니다. 해서 오 회장님께 스킨 커버 대신에 기초 화장품 3종 세트로 광고 촬영을 하도록 부탁드렸지만 거부하셨습니다. 스킨 커버의 매출 신장을 위해서 반드시 스킨 커버로 광고를 찍어야 한다고 하시더군요. 만일 광고 모델 계약 파기를 하려면 위약금을 10배로 물어줘야만 했기에 저희로서는 어쩔 수 없이 촬영에 임해야만 했습니다. 실은 양 감독님께 촬영 전에 스킨 커버를 바르는 척만 하는 것으로 가자고 부탁을 드릴까도 했지만, 민예리 배우님이 그걸 반대했습니다. 광고 모델이 된 이상 제대로 촬영해야 한다고 생각했던 모양입니다. 그리고 광고 제작은 솔직히 양 감독님 소관이기도 하니까 그걸 따를 생각이었을 거고요."

채현우의 얘기에 양재기 감독이 다소 흥분했는지 주먹을

꽉 거머쥐었다.

민예리 배우를 오늘 광고를 찍으면서 겪어 봤지만 참으로 진국인 배우였다.

톱스타로 대중에 각광받고 있는 존재임에도 감독이 시키는 대로 최선을 다해서 움직이는 그런 배우였으니 말이다.

채현우 말이 다시 이어졌다.

"해서 민예리 배우님은 위험을 무릅쓰고 어제 오 회장님이 했던 말을 단단히 믿고 광고 촬영을 임했던 겁니다. 그런데 이런 결과라니 너무 유감스럽니다."

"젠장! 그래서……."

양재기 감독이 이를 악물었다.

어제 명성의 차 이사가 민예리 배우에게 스킨 커버를 사용하는 신을 모두 빼 버리라는 말을 전했지만 그걸 따르지 않았다.

결국 명성의 신제품 스킨 커버에 문제가 있었기에 그런 연락을 했던 것임을 이제 눈치챌 수 있었다.

양재기 감독은 광고에 대한 철학을 갖고 있는 인물이었다.

기업에서 만들어 낸 제품을 널리 대중에 홍보하기 위한 것이 바로 광고의 목적이긴 해도, 허위 광고로 대중을 기만하는 광고를 찍는 일을 극혐했다.

그런 점에서 지금 그는 명성에서 신제품으로 출시할 스킨 커버에 대한 신뢰감이 박살 나 버려 더는 명성의 광고를 찍고 싶은 마음이 사라졌다.

그때였다.

화장을 모두 지운 민예리가 두 사람의 주위로 다가왔다.

생얼의 상태였기에 더욱 붉은 트러블이 눈에 띄게 두드러졌다.

꾸벅!

민예리가 양재기를 향해 고개를 숙였다.

"죄송합니다, 감독님! 제가 좀 더 신중하게 행동했어야 하는데 그러지 못해서 감독님께 폐를 끼치게 되었습니다!"

민예리는 진심으로 사과했다.

위약금을 물지 않고 광고 계약 파기를 할 요량으로 양재기를 이용한 것이 그녀로선 마음에 걸렸다.

하지만 양재기는 민예리의 사과에 오히려 더욱 미안한 기색으로 그도 그녀에게 사과를 했다.

"아닙니다. 저야말로 민예리 배우님께 사과드려야죠. 스킨 커버에 거부감이 들었을 텐데도 그걸 참고 제 뜻에 따라주신 점, 진심 쥐구멍에 들어가고 싶은 심정입니다. 정말 죄송하게 생각합니다. 그리고 지금 빨리 병원으로 가 보시는 것이 좋겠습니다."

이번엔 채현우가 나섰다.

"민예리 배우님은 제가 병원으로 모시고 가도록 하겠습니다.

"그래요. 이런 일이 생겨서 정말 유감입니다."

"양 감독님! 만일 우리 배우님 상태가 계속 저 상태라면 광고 촬영하는 것은 불가능하겠죠?"

"화장품 광고인데 얼굴 피부가 호전되지 않는다면 광고를 찍을 수 없을 겁니다."

"그럼 다른 배우님으로 교체가 되는 건가요?"

"그건 저도 자세히 모르겠지만 지금 기분 같아선 더는 명성 광고를 찍고 싶은 생각이 없네요."

"그럼 나중에 뵙겠습니다, 감독님! 그리고 스태프분들도 오늘 고생이 많으셨습니다!"

채현우는 민예리와 먼저 촬영장에서 떠났다.

이번 일은 양재기가 해결사역할을 톡톡히 해낼 것이다.

역시 두 사람이 촬영장을 떠나자 양재기는 곧장 핸드폰을 꺼내서 잔뜩 화가 난 기색으로 명성의 차 이사와 통화를 나누기 시작했다.

"양재기 감독입니다! 방금 촬영 끝났는데 민예리 배우님에게 문제가 생겼습니다."

-그, 그게 무슨 말이죠? 설마 민예리 배우님 스킨 커버를 사용하는 신을 찍었다는 것은 아니겠죠?

"맞습니다! 민예리 배우님이 스킨 커버를 사용하는 신을 찍었습니다!"

-뭐, 뭐라고? 이봐! 당신 미쳤어! 내가 어제 그 신을 빼고 찍

으라고 분명 연락했잖아요! 내 장염만 아니었다면 촬영장을 찾아가서 박살을 내는 건데 그랬어!

"하! 박살이라고요? 광고 촬영에 대해선 전적으로 저희에게 일임하겠다고 계약서상에 명시가 되었으니 어떤 식으로 촬영을 하든지 그건 제 소관입니다! 그런데 문제는 명성에서 신제품으로 출시될 스킨 커버에 대해서 솔직하게 밝히지 않은 부분으로 인하여 민예리 배우님과 제가 피해를 보게 된 점입니다. 이 점에 대해 어떻게 보상하실 겁니까?

-보상? 이 사람이 정말! 보상이야말로 우리가 할 소리입니다! 민예리 배우 있으면 당장 바꿔 봐요!

"민예리 배우는 지금 채 대표님과 함께 병원에 진료를 보기 위해서 촬영장에서 떠난 상태입니다."

-대체 어떤 상황인데 그래요?

"촬영 중에 명성 스킨 커버를 사용한 민예리 배우님 피부가 완전히 뒤집혔습니다! 듣자 하니 신제품 스킨 커버의 문제점을 완벽하게 보완했다던데, 그 말 사실 아니죠? 만일 그것이 사실이 아니라면 민예리 배우님께 손해배상을 청구당할 수 있을 겁니다. 그리고 저희 제작사도 이번 일로 광고 촬영을 중지하게 되었으니 그것에 대한 피해 보상을 청구할 생각입니다."

-뭐, 뭐라고? 피해 보상? 이것들이 진짜 돌았나?

"말 함부로 하지 마십시오! 그리고 지금 저와 나눈 통화 내용을 명성 회장님께 그대로 전달해 주십시오. 경고하는데, 이번 일을 제대로 처리해 주지 않고 어물쩍 넘어가신다면 신제품 스킨 커버의 성분 검사를 의뢰할 생각입니다."

명성기업에 비상이 걸렸다.

차 이사는 즉각 양재기 감독과 나눈 통화 내용을 오장환에게 전달했고, 오장환은 이를 빠득 갈아 대면서 양재기를 죽일 놈이라고 성토했다.

"회장님! 이런 상황이니 신제품 광고 촬영은 다른 광고제작사에 맡기는 것이 좋겠습니다."

"차 이사! 지금 광고가 문제야! 그 양재기 놈이 당장 성분 검사를 맡기겠다고 펄펄 뛰고 있는데, 그것부터 어떻게 해결해야 할 것 아닌가!"

"이럴 줄 알았더라면 그곳에 광고를 맡기는 것이 아니었습니다."

"하여간 이 문제는 자네가 알아서 해결하도록 하게! 가서 양재기인지, 밥그릇인지 그놈에게 고개를 숙여서라도 절대 성분 검사를 못 하게 막아야 하네! 그리고 민예리 쪽도 다른 말이 나오지 않게 입을 틀어막도록 해! 계약 해지를 원하면 위약금 없이 해 주고, 위로금 조로 돈을 몇 푼 쥐여 주는 것도 좋겠군."

눈치가 없는 차 이사가 빈정거리듯이 나왔다.

"그러게 짜가로 신제품을 출시한 것이 문제였습니다. 차라리 시간이 좀 걸리더라도 정상 루트를 밟았더라면 이런 문제도 없었을 텐데요."

오장환의 뚜껑이 열려 버렸다.

"이게 죽고 싶어서 환장했군! 그동안 오냐오냐 대우해 주었더니 아주 머리 꼭대기까지 기어오를 작정이야! 네놈도 비서실장 꼴이 나고 싶지 않으면 당장 시키는 대로 움직여! 진짜 죽여 버리기 전에!"

"주, 죽을죄를 지었습니다, 회장님! 당장 양재기 감독을 만나 보겠습니다!"

오장환의 살기 어린 기색에 차 이사가 잽싸게 회장실을 빠져나와 스톰광고제작사로 향했다.

그곳에 광고 촬영을 위해 신제품 스킨 커버를 여러 개 제공한 것이다.

그랬기에 양재기가 빡 돌아서 스킨 커버의 성분 검사를 의뢰하면 신제품 출시가 물거품이 될 수도 있었다.

⊛

스톰광고제작사 사무실.

차 이사가 실내를 잠시 둘러보았다.

마침 양재기 감독이 혼자 있다.

이번 일을 제대로 해결해야만 했다.

정말 오장환에게 찍히면 앞날이 캄캄했다.

차 이사로선 협박을 하더라도 양재기가 신제품 스킨 커버의 성분 검사를 하지 못하게 막아야만 했다. 다행히 이곳에 오기 전에 법무팀에 연락해서 대책을 강구했다.

“양재기 감독님! 잠깐 저랑 얘기 좀 하시죠!”

“그럽시다!”

양재기는 차 이사가 득달같이 찾아온 것에 회심의 미소를 머금었다.

신제품 스킨 커버.

그것의 성분 검사를 의뢰할 수도 있다.

그 말에 이런 반응을 보인 것일 터.

그렇다는 것은 정말 신제품 스킨 커버에 문제가 있다는 것이고, 말로는 문제점을 완벽하게 보완했다고 했지만 실상은 그걸 해결하지 못한 것이 분명했다.

급한 차 이사가 먼저 서두를 뗐다.

“먼저 사과드리겠습니다! 계약서에 명시되기를 광고 촬영에 한해선 양 감독님께 전적으로 일임한다고 해 놓고 그걸 지키지 못한 점에 대해선 죄송하게 생각합니다.”

“아시니 다행이네요.”

차 이사 사과에 양재기가 빈정거리듯 나왔다.

여기서 소동을 벌이면 일이 복잡해질 수 있다.

그걸 생각하여 차 이사가 감정을 억눌렀다.

"민예리 배우님을 아직 만나 보지 못한 상황이라 자세히 말씀드릴 수는 없지만 그쪽 문제는 제가 알아서 원만하게 처리토록 할 것입니다. 그리고 스톰광고제작사에서 민예리 배우님이 아닌 다른 연예인으로 저희 신제품 광고 촬영을 원치 않으신다면 그 문제도 원만하게 처리토록 하겠습니다."

"원만하게 처리한다는 것은 피해 보상을 제대로 해 주시겠다는 걸로 해석하면 되겠습니까?"

"그렇죠. 대신 양 감독님께서도 아셔야 할 것이 있습니다."

"무엇을 말인가요?"

차 이사의 눈빛이 야비하게 반짝였다.

"스톰광고제작사에 저희 신제품 광고 제작을 의뢰할 때 계약서에 추가 조항으로 명시된 내용에 대해서 감독님께서 잘 인지하지 못하고 계신 듯싶어서 말입니다."

"제가 잘 인지하지 못하고 있는 부분이 무엇이죠?"

"저희 명성 신제품에 대해 함부로 외부에 기밀을 누설할 경우 법적으로 책임을 지셔야 할 겁니다. 그런 점에서 신제품 스킨 커버의 성분 검사를 다른 곳에 의뢰하겠다는 것은 계약서에 명시된 내용을 어기는 셈이 될 겁니다. 즉, 성분 검사를 해서 감독님께 득이 될 것이 전혀 없다는 거죠."

"신제품 스킨 커버의 성분 검사를 해서 득이 될 것이 없으니, 나대지 말고 얌전히 있어라 이거군요."

차 이사의 협박성 멘트에 양재기가 조소를 흘렸다.

차 이사가 다시 양재기를 몰아가듯이 대화를 이어 갔다.

"양 감독님! 저희 명성에서는 신제품 출시에 많은 기대를 갖고 있는 상황입니다. 만일 양 감독님이 벌인 일로 신제품이 출시되지 못하는 일이 벌어질 경우엔 책임소재를 명확하게 하겠다는 의미로 방금 그런 말씀을 드린 거니 오해하지 않으셨으면 합니다."

"지금 제게 협박하시는 겁니까?"

"그렇게 들리셨다면 사과드리겠습니다. 한데 말이 나왔으니 하는 말인데요. 계약서의 내용을 들먹인 것은 양 감독이 먼저 시작하신 일이지 않습니까? 그래서 저 역시 계약서에 명시된 점을 양 감독님께 상기시켰을 뿐입니다."

양재기가 불쾌한 기색으로 차 이사를 노려봤다.

차 이사는 그런 양재기를 향해 대화를 이어 나갔다.

"그러니 양 감독님께서 저희 광고를 찍지 않으시겠다면 그건 피해를 보상해 드릴 생각이지만, 신제품 출시에 지장을 초래하는 일을 벌인다면 그땐 저희 명성에서도 법적으로 강력하게 응대할 작정입니다."

양재기의 주먹이 부르르 떨렸다.

명성에서 이런 식으로 나온다면 계약 파기 후에 어떤 짓을 저지를지 모른다는 생각에 그는 후환을 대비할 필요가 있다고 여겼다.

"좋습니다! 대신 계약 파기 후에 6개월 동안 나를 비롯하여 민예리 배우님에게도 손가락 하나 까딱하지 않겠다고 약속하세요. 그걸 어길 시엔 100억을 보상해 주시고요. 공증으로 확실하게 약속해 준다면 당신 말대로 따르겠습니다. 아니면 정말 신제품에 문제가 있는지 없는지 법정 싸움을 해 보죠."

"100억이라고요?"

"약속만 지켜 주면 보상할 이유가 없겠죠? 안 그래요?"

결국 차 이사는 독기를 풀풀 날리는 양재기 감독의 분위기에 말려 그의 말을 받아들이게 되었다.

신제품 스킨 커버 성분 검사.

일단 급한 대로 목적하던 일을 막기는 했으니 그걸로 만족하고 물러났다.

차 이사가 떠나자 양재기 감독은 앞으로 명성의 광고 의뢰는 절대 받아들이지 않겠다고 선포했다.

❂

하늘엔터 대표실.

"허어! 이거 배우님 얼굴이……."

양재기를 상대했던 차 이사는 이번에는 민예리 배우의 소속사인 하늘엔터를 방문했다.

민예리가 마스크를 벗어 얼굴을 공개했고, 흉해진 그녀의 얼굴을 직접 확인한 차 이사는 놀라움을 금치 못했다.

채현우가 침통한 기색으로 차 이사를 주시했다.

신제품 스킨 커버 광고 모델 계약 파기.

위약금을 물지 않으려면 차 이사 입에서 그 말이 나오도록 만들어야만 했다.

"광고 촬영을 하고 나서 저희 배우님 얼굴이 이렇게 되었답니다. 명성 회장님께서 신제품 스킨 커버의 문제점을 완벽하게 보완했다는 말씀을 믿고 배우님께서 촬영에 임했는데 보다시피 이런 결과입니다."

"그, 그게…… 보완한다고는 했지만 사람에 따라서 간혹 트러블이 이는 경우가 있나 봅니다. 흠흠."

차 이사는 찔린 구석이 있다 보니 어색하게 헛기침했다.

그러면서 속으로 양재기를 잔뜩 욕했다.

스킨 커버를 사용하는 신을 찍지만 않았더라면 문제없이 촬영이 진행되었을 상황이었기에.

채현우가 다시 나섰다.

"저희는 명성에서만 괜찮다고 하면 배우님 얼굴이 회복되기를 기다렸다가 다시 신제품 광고 촬영에 들어갈 수 있습니다."

하지만 채현우 말에 차 이사가 기겁한 표정으로 고개를 저어 댔다.

"채 대표님 뜻은 잘 알겠습니다만, 신제품 출시가 바로 코 앞으로 다가온 상황인데 언제까지 기다릴 수는 없는 일이라서 말이죠."

"그럼 설마 저희 배우님 대신에 다른 연예인으로 신제품 광고를 찍겠다는 건가요?"

"아무래도 그래야 할 듯싶군요. 민예리 배우님 얼굴이 저러신데 저희 신제품 모델을 하시는 것은 어려울 듯싶네요."

"그럼 명성에서 저희와 광고 모델 계약 파기를 하시겠다는 거로군요."

"그렇습니다. 이건 저희 책임도 있고 하니 위약금 없이 계약 파기를 하는 것으로 처리하겠습니다. 대신 신제품 스킨커버를 사용하고 피부가 저렇게 되었다는 것은 함구하시길 부탁드립니다."

"그렇게 하죠. 대신 이번 일로 우리 배우님에게 해가 가는 일이 없도록 부탁드립니다. 양 감독님께 듣기로 그걸 어기면 명성에서 100억을 주기로 했다죠?"

차 이사 표정이 일그러졌다.

결국 이곳에서도 양재기 감독과 같은 조건으로 마무리를 하고는 차 이사가 밖으로 나가 버렸다.

"형부! 우리 뜻대로 이루어졌어요! 위약금을 물지 않아도 돼요! 거기에 양 감독님 덕분에 우릴 함부로 건드리지 못하게 되었어요!"

“그렇게 좋아?”

“헤헤! 명성 광고를 안 찍어도 되니 너무 좋죠! 그거 찍었으면 평생 후회했을 거예요. 완전 사기꾼 같은 사람들이라니까요.”

해맑게 웃는 민예리의 모습에 채현우는 가슴이 무거웠다.

※

건물 옥상.

가을 하늘이 청명했다.

점심을 먹고 나서 석기는 박창수와 옥상에 올라왔다.

후식으로 자판기 커피를 한 잔씩 뽑아 들고는 둘은 근처의 벤치로 자리했다.

커피를 마시면서 둘은 명성 신제품 광고 관련한 얘기를 나누게 되었다.

며칠 전에 명성에서 신제품 광고 촬영에 들어간다고 하더니 갑자기 무슨 이유인지 모델과 광고제작사가 변경된 상황이었다.

처음에 명성에서 신제품 광고 모델로 선정한 연예인은 톱급 여배우로 알려진 민예리였고, 광고를 의뢰한 곳은 스톰광고제작사였다.

그런데 갑자기 모델은 물론 광고제작사까지 변경되어 버

린 것이다.

그것도 민예리보다 못한 중급 연예인이 신제품 광고 모델로 선정되었고, 광고제작사도 스톰보다 인지도가 떨어지는 곳이 선정된 상황이니 의문이 일수밖에 없었다.

"들리는 소문으론 민예리 배우가 얼굴 피부에 심각한 문제가 생겨서 신제품 모델을 그만두었다고 하니 그 점은 이해가 되지만, 스톰광고제작사에서는 왜 명성 광고 촬영을 안 하겠다고 나온 걸까? 석기 네가 보기에도 뭔가 수상하지 않냐?"

박창수의 시선에 석기가 고갤 끄덕여 주었다.

"민예리 배우도 그렇고 스톰광고제작사에서도 입을 꼭 다물고 있으니 자세한 내막은 알 수 없지만, 아무래도 신제품으로 출시할 화장품에 문제가 있는 것만은 분명해."

"근데도 명성에서 다른 모델로 광고 촬영을 들어간다니 정말 속을 알 수 없지? 만일 신제품에 문제가 있다면 그렇게 나와선 안 되는 거 아닌가?"

박창수의 흥분한 모습에 석기가 씁쓸히 웃었다.

"오장환 성격에 신제품에 문제가 있다 해도 절대 그걸 솔직하게 까발리지 않을 거야."

"그건 그래."

"하여간 톱급 여배우 민예리와 톱급 광고제작사로 알려진 스톰에서 명성의 광고를 찍지 않게 되었으니 우리로선 오히려 잘된 일이지, 뭐."

"이건 우리 비누 광고가 대박을 터트리도록 하늘이 돕고 있다는 징조가 아니겠어?"

"후후, 맞네. 정말 그러네."

지금 오장환은 죽을 맛일 거다.

톱급 여배우와 톱급 광고제작사로 신제품 광고를 멋지게 찍어서 유토피아의 콧대를 납작하게 눌러 주고자 작정했을 텐데 그것이 무산이 되었으니 말이다.

"비누 광고는 홍민아 팀장이 모델이 되어 주었지만, 나중에 향수 광고는 누구로 찍지?"

"향수 광고에 어울리는 연예인을 찾아봐야겠지."

"톱급 연예인은 몸값이 비쌀 텐데…… 신인으로 알아봐야 하나?"

잠시 생각에 잠겼던 석기.

유토피아에서 이번에 비누와 향수를 동시에 출시하게 된다.

비누 광고 제작은 편집만 거치면 끝나지만 향수 광고 제작은 아직 시작도 하지 않은 상태였다.

비누는 운 좋게 홍민아를 모델로 삼을 수 있었지만, 향수는 아직 광고 모델을 정하지 못했다.

비누보다 고가로 판매할 제품.

거기에 향수가 가져다주는 이미지를 생각하면 모델을 선정하는 것에 신경이 쓰였다.

그런 점에서 향수의 광고 모델로 적격인 인물이 있기는 했다.

하필 그녀가 적대시하던 명성의 신제품 광고 모델이 되었다고 해서 체념했는데.

참으로 묘한 일이었다.

그녀의 얼굴 피부에 문제가 생기는 바람에 명성의 신제품 광고 모델 계약 파기를 했다니 말이다.

"민예리 배우는 어때?"

"뭐? 민예리 배우?"

"왜? 싫어?"

"얼굴 피부에 문제가 생겼다고 명성에서도 계약 파기를 당했는데 광고 모델을 할 수 있겠어?"

"얼굴 피부야 얼마든지 치유가 가능하니까 문제될 것은 없지."

"하긴…… 구민재 씨의 얼굴도 감쪽같이 치유시킨 너니까 심한 트러블 정도는 일도 아니긴 하지. 근데 그쪽에서 우리 같은 신생 업체의 광고를 찍으려 할까?"

"그거야 모르는 일이지. 혹시 알아? 비누 후기 사진을 봤으면 찾아올 수도 있을 거야."

"하긴 배우는 얼굴이 생명이니 그럴 수도 있겠네. 근데 진짜로 오면 모델로 섭외할 거야?"

"그건 봐서."

아무리 민예리 배우의 분위기가 유토피아 향수 광고 모델로 적격이긴 해도 인성이 바르지 못한 사람이라면 광고 모델로 부적격이었다.

그렇게 두 사람이 대화를 나누는 도중, 주위로 다가오는 누군가의 인기척이 느껴졌다.

'저 사람은?'

또 다른 효능을 알게 되다

하늘엔터 대표 채현우였다.

그가 석기를 찾아온 것이다.

'민예리 배우 때문인가?'

초췌한 채현우 몰골이었다.

이번 생에선 채현우를 만날 일이 아직 없었기에 석기와 초면의 상태라 볼 수 있었다.

하지만 회귀 전에는 명성기업의 본부장을 지낸 석기였고, 화장품과 샘물 사업을 비롯하여 엔터 사업도 관여를 했었기에 채현우와 몇 번 얼굴을 마주친 적이 있었다.

내년 하반기.

연말 즈음에 하늘엔터는 문을 닫는다.

부채도 컸지만, 결정적인 원인은 민예리 배우 때문이다.

하늘엔터를 움직이게 만드는 원동력이었던 민예리 배우가 연예계를 떠나는 일이 벌어진 탓이다.

바로 오세라로 인하여.

하늘엔터 소속인 신인 남자 배우가 오세라의 스폰을 받을 목적으로 민예리 배우에 대한 안 좋은 거짓 소문을 퍼트려 그녀를 진흙탕에 처박아 버린 것이다.

그때 당시 그 사건으로 인하여 민예리 배우는 모 방송국의 드라마 주연 자리에 섭외가 되었지만 결국 하차해야만 했고.

나중에 그 주연 자리를 명성엔터의 연기자가 차지한 걸로 보아선 하늘엔터 신인 남자 배우를 오세라가 사주한 일에 어쩌면 오장환의 입김도 관여가 되었을 확률이 높았다.

"신석기 대표님이십니까?"

"네, 그렇습니다."

회귀 전에 석기는 세간에 퍼진 민예리에 대한 루머에, 행동거지를 조심하지 않은 민예리 배우에게 잘못이 있다고 여겼기에 깊게 생각하지 않았다.

다행히 이번 생에선 그 일은 벌어지지 않을 터.

이번엔 명성엔터가 먼저 사업을 접어 버린 상황이다.

또한 하늘엔터 신인 남자 배우.

이번에는 오세라와 접점이 없을 것이다.

만일 생긴다 해도 명성엔터가 문을 닫았으니 민예리를 끌

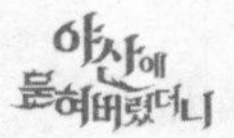

어내리는 일도 벌어지지 않을 것이라 여겼다.

"저는 하늘엔터를 운영하고 있는 채현우라고 합니다."

채현우가 이곳을 찾아온 이유를 짐작하고 있었지만, 석기로선 모른 척 물어볼 수밖에 없었다.

"이곳엔 무슨 일로 오신 거죠?"

"그게……."

채현우가 말끝을 흐리며 침중한 기색으로 고개를 숙였다.

민예리 때문에 여길 찾아왔지만, 유토피아와 적대 관계인 명성의 신제품 광고를 찍으려던 민예리였기에 차마 석기에게 도와 달라는 말이 쉽게 떨어지지가 않은 탓이다.

스윽!

석기가 박창수를 쳐다봤다.

채현우와 단둘이 조용히 얘기를 나누는 것이 좋겠다고 생각했다.

"박 부장님! 먼저 내려가세요. 저는 이분과 잠시 얘기를 나누고 내려갈 테니까요."

"알겠습니다."

박창수가 옥상에서 내려가자 석기는 근처의 자판기로 다가가 믹스 커피 한잔을 뽑아선 채현우에게 건네며 말했다.

"커피 한잔 드시고 천천히 얘기하세요. 여기 커피가 생각보다 맛이 꽤 괜찮거든요."

"잘 마시겠습니다."

채현우가 석기가 건넨 종이컵을 어색하게 받아 들고는 믹스 커피를 한 모금 맛을 봤다.

석기 말대로 맛이 굉장히 좋았다.

커피를 마시고 나자 바짝 긴장이 되었던 마음이 다소 누그러졌다.

채현우가 커피를 모두 비우기까지 기다렸던 석기가 천천히 입을 열기 시작했다.

“민예리 배우님 얼굴 피부에 문제가 생겨 광고 촬영을 못하게 되었다는 소문을 들었습니다.”

“그렇습니다. 알고 계셨군요.”

“명성의 신제품 광고 촬영까지 하기로 했던 배우님이 어쩌다 그렇게 된 거죠?”

석기는 명성에서 출시할 신제품에 문제가 있음을 눈치채고는 있었지만, 채현우의 입을 통해 보다 정확한 이유를 알고 싶었다.

[명성 신제품 스킨 커버. 광고 촬영 중에 그것을 사용하고 예리 피부가 뒤집어졌지만 신 대표에게는 그걸 밝혀선 안 된다. 만일 그걸 밝혔다간 오장환 회장이 우리 예리의 앞길을 가로막고자 할 테니까.]

채현우 속마음이 들렸다.

명성에서 협박을 가했던 모양이다.

참고로 회귀 전에는 명성 신제품은 올해 계획에 없던 일이고, 민예리가 신제품 광고 모델로 선정되지 않았기에 이런 일이 벌어지지 않았다.

석기가 유토피아를 설립한 것에 명성 신제품 출시가 앞당겨진 점도 있었다.

석기가 정곡을 찌르듯이 나왔다.

"민예리 배우님이 명성에서 출시할 신제품 스킨 커버를 사용하고 피부에 문제가 생긴 모양이군요. 물론 제 말에 대답을 해 주실 필요는 없습니다. 그런 상황이라면 그쪽에서 비밀유지 조항을 들먹였을 것이 뻔한 일이니까요."

석기의 말에 채현우는 크게 당황된 기색이 역력했다.

[명성의 신제품 스킨 커버의 문제점은 아직 세간에 밝혀지지 않은 상태인데 신 대표가 그걸 어떻게 안 거지? 그리고 나를 배려하여 이런 식으로 말을 돌리다니. 젊은 사람이 참으로 속이 깊군.]

채현우는 사실 이곳을 찾아오기 전까지는 석기의 나이가 어리다는 것에 속이 깊지 못할 것이라 생각했기에 어떤 식으로 접근을 해야 좋을지 난감했다.

괜히 이곳을 찾아왔다가 명성의 귀에 들어갈 경우 긁어 부스럼을 내면 어쩌나 싶었던 탓도 있었다.

그랬는데 방금 석기의 말로 인해 그런 우려가 깨끗하게 사라졌다.

물론 그럼에도 석기에게 진실을 밝힐 수가 없었기에 채현우로선 거짓말로 둘러대는 수밖에 없었다.

"흠흠, 뭔가 오해가 있나 봅니다. 민예리 배우님 피부가 워낙 민감하다 보니…… 광고 촬영 중에 뜨거운 조명 아래 오래 있어서 트러블이 심하게 일어나게 되었습니다. 그러니 명성의 신제품 스킨 커버와는 아무런 상관이 없는 문제입니다."

채현우가 애써 부인하는 점을 석기도 이해는 되었다.

이곳에서 나눈 얘기가 혹시 명성의 귀에 들어갈 것이 신경 쓰였을 것이다.

석기가 직설적으로 나왔다.

"혹시 채 대표님께서 저를 찾아온 이유가 비누 때문인가요? 그렇다면 민예리 배우가 직접 오시는 편이 좋았을 텐데요."

민예리 배우를 대신하여 하늘엔터 대표가 석기를 찾아온 것은 솔직히 의외였다.

적어도 비누가 필요하면 민예리가 직접 찾아와서 도움을 요청하는 것이 당연하다고 생각했기에.

"민예리 배우님은 제가 이곳을 찾아온 것을 모르고 있습니다. 민예리 배우님 얼굴이 그리 된 것은 모두 제 잘못입니다. 사정상 모든 사실을 솔직하게 신 대표님께 털어놓지는 못하지만, 우리 민예리 배우님 참으로 착하고 예쁜 사람입니다. 이번에 도움을 주신다면 평생 그 은혜 잊지 않겠습니다."

채현우는 민예리 얼굴을 떠올리자 격해진 감정을 이기지 못해 그만 눈물이 뺨을 타고 흘러내렸다.

[대중을 기만하는 광고를 찍기 싫어서 얼굴이 그렇게 되는 것까지 감수한 우리 예리인데…… 신 대표에게 그걸 밝힐 수도 없고.]

솔직히 눈 한 번 딱 감고 신제품스킨 커버의 문제점을 모른 척 스킨 커버를 바르는 척 광고 촬영을 했다면, 민예리 얼굴이 그리 흉하게 변할 일도 없었다.

하지만 민예리는 그러지 않았다.

광고 모델 계약 파기 시에 따르는 위약금 문제도 있었지만, 본질은 문제 있는 명성 신제품을 대중에 좋은 상품이라고 선전할 수가 없었던 것이 진짜 이유였다.

털썩!

채현우가 석기 앞에 무릎을 꿇었다.

민예리의 피부를 정상으로 돌리기 위해서라면 채현우는 지금 어떤 짓도 할 수 있는 심정이었다.

"유토피아와 경쟁 상대인 명성의 광고를 찍으려던 주제에 이렇게 찾아와서 귀찮게 구는 제가 참으로 염치가 없게 여겨질 것 잘 압니다. 하지만 제발 우리 민예리 배우님을 도와주십시오."

석기는 채현우의 절박한 심정을 충분히 이해했고, 그의 속마음을 통해 민예리 배우의 인성에 대한 파악도 끝났다.

처억!

석기가 채현우에게 손을 내밀었다.

무릎까지 꿇고서 도움을 요청한 것이다.

그만큼 민예리 배우를 소중하게 여기고 있다는 의미였고, 유토피아에서 만든 비누를 믿고 싶다는 의지였을 것이다.

"그만 일어나세요."

"죄송합니다, 신 대표님! 정말 죄송하지만 우리 민예리 배우님에게 도움을 주시겠다는 말을 듣기 전까지는 일어날 수 없습니다. 못난 제가 그나마 민예리 배우님을 위해 할 수 있는 것은 이것밖에 없으니 양해바랍니다."

석기의 바짓가랑이를 잡고 늘어져서라도 비누를 받아 갈 각오로 찾아왔기에, 채현우의 표정은 매우 결연한 의지로 가득했다.

"알았어요. 민예리 배우님 얼굴, 본래대로 돌아오게 도와드릴 테니 그만 일어나세요."

"네에? 그 말이 사실입니까?"

"네! 사실입니다! 못 믿겠다면 각서라도 써 드릴까요?"

"아, 아닙니다! 일어나겠습니다! 하아! 감사합니다! 정말 감사합니다!"

바닥에서 일어선 채현우가 석기를 향해 허리가 반으로 접히도록 거듭 감사 인사를 해 댔다.

그렇게 채현우 인사가 끝나자 석기가 다시 나섰다.

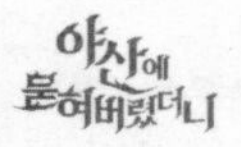

“대신 조건이 하나 있습니다.”

“조건이라고요?”

채현우 눈빛이 흔들렸다.

석기가 무엇을 요구하려는지 의문도 일고 걱정도 된 탓이다.

그런 채현우를 향해 석기가 조용히 웃으며 대화를 이어 나갔다.

“민예리 배우님이 저희 유토피아 비누를 사용하시고 효과를 보게 되신다면, 저희 유토피아를 위해 광고 모델을 해 주세요. 물론 광고 모델이 되신다면 명성에서 제안했던 모델료까지는 아니더라도 배우님 수준에 맞는 대우는 해 드릴 생각입니다.”

석기는 민예리 배우를 유토피아 향수 광고 모델로 삼을 생각이다.

릴렉스 향수.

신비로운 청아한 향기.

민예리 얼굴이 정상대로 돌아오면 향수 광고 모델로 최적이라 여기고 있었다.

“유토피아 광고 모델요?”

“네, 어려운 조건인가요?”

“아, 아닙니다! 민예리 배우님 얼굴 피부만 정상으로 돌아온다면 광고를 찍는 것은 얼마든지 가능합니다. 또한 모델료도 그리 걱정하지 않으셔도 됩니다. 하지만 비누 광고는 이미 찍은 거로 알고 있는데…… 설마 비누 광고를 다시 찍으실 생각이신가요?"

명성 신제품 스킨 커버 광고보다 한발 앞서 유토피아에서 비누 광고를 촬영한 것을 채현우도 알고 있었다.

그것도 하루 사이에 뚝딱 광고 촬영이 끝난 것에 재정이 좋지 못해서 광고를 대충 하급수준으로 찍은 것으로 엔터계에 소문이 파다했다.

그랬기에 톱급 배우인 민예리로 비누 광고를 다시 찍을 생각에 이런 말을 꺼낸 것이라 오해했다.

"그건 아닙니다. 비누 광고 촬영은 이미 끝났고, 지금 편집에 들어간 상태입니다. 그것을 다시 찍을 이유가 없습니다."

"그럼 왜?"

"제가 민예리 배우님께 원하는 광고는 바로 향수입니다."

"향수라고요?"

"네! 유토피아에서 비누와 향수를 출시할 겁니다. 향수 모델로 민예리 배우님이 적격이라고 생각하고 있었는데, 참 인연이란 것이 묘하네요. 명성의 광고 모델이 되실 민예리 배우님이 저희 유토피아 광고를 찍게 되셨으니 말이죠."

"하아! 정말 그렇습니다."

석기가 아직 채현우에게 말하지 않는 부분이지만, 유토피아 향수 광고를 의뢰할 광고제작사로 '스톰'으로 정했다.

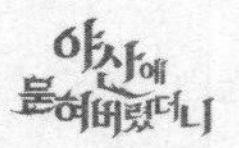

기회가 알아서 찾아왔다.
민예리 배우.
스톰광고제작사.
유토피아 릴렉스 향수 광고를 멋지게 제작하여 명성에게 빅엿을 먹일 계획이다.
건물 아래층에 홀리광고제작사가 있지만, 향수 광고는 명성을 겨냥하여 일부러 스톰광고제작사에 맡길 생각이다.
"감사합니다, 신 대표님! 민예리 배우님 얼굴이 정상으로 돌아오는 대로 연락드리겠습니다!"
"그러세요."
채현우가 비누를 받아서 돌아갔다.
3일짜리 성수로 만들어진 〈연예인 1호〉.
그걸 사용한다면 민예리 얼굴의 트러블이 말끔히 사라질 것이다.
향수 모델은 정해졌으니 다음은 광고제작사를 정할 차례였다.
석기가 핸드폰을 꺼냈다.
양재기 감독과 통화할 생각이다.

⊗

'역시 우리 신 대표야! 민예리 배우에 이어 스톰광고제작

사까지 우리 편으로 끌어들일 생각을 하다니 진짜 대단한 계획이지!'

박창수는 석기가 양재기 감독에게 연락하는 것을 지켜보며 침을 꿀꺽 삼켰다.

명성에서 신제품 광고를 찍으려다가 무산된 민예리 배우와 양재기 감독을 유토피아 향수 광고에 끌어들이려는 석기의 행동에 박창수는 속으로 놀라움을 금치 못했다.

명성의 오장환에게 엿을 먹이는 방법으로는 박창수가 생각하기에도 아주 그럴싸했기에 말이다.

그때 양재기 감독과의 통화가 시작되었기에 박창수는 긴장된 기색으로 석기를 주시했다.

"안녕하세요, 양재기 감독님! 저는 유토피아 대표 신석기라고 합니다!"

-유토피아 대표님께서 무슨 용건으로 제게 연락을 하신 거죠?

"거두절미하고 말씀드리겠습니다. 양재기 감독님께 저희 유토피아의 향수 광고 제작을 의뢰하고 싶어서 연락드렸습니다."

-뭐라고요? 향수 광고요?

"관심 있으시면 한번 저희 유토피아를 방문해 주시면 감사하겠습니다. 참고로 말씀드리면 저희는 향수 광고 모델로 민예리 배우님을 섭외하기로 했고, 조금 전에 유토피아를 방문하신 하늘엔터 대표님과 얘기가 잘 진행된 상황입니다."

-그게 무슨 말이죠? 민예리 배우님이 유토피아 향수 광고 모델을 하신다고요? 아직 광고 촬영을 할 상황이 아닐 텐데요?

양재기가 석기 말을 믿지 못했다.

민예리는 현재 명성의 신제품 스킨 커버를 사용하고 얼굴 피부가 뒤집혀지는 바람에 모델 계약 파기까지 한 상황이다.

그랬기에 민예리로 향수 광고를 찍을 생각이라는 석기의 말이 신뢰가 떨어질 것은 당연했다.

"양 감독님! 민예리 배우님 얼굴에 문제가 생긴 점에 대해선 저도 잘 알고 있습니다. 하지만 그건 저희 유토피아 비누로 모두 해결될 것이니 너무 염려하지 않으셔도 됩니다."

-유토피아 비누로 해결된다고요?

"네! 그렇습니다! 보다 소상히 말씀드리자면 오늘 저녁에 민예리 배우님이 저희 유토피아 비누를 사용할 경우 내일 아침이면 효과를 보게 될 겁니다. 그리고 민예리 배우님 얼굴 피부가 정상으로 돌아온다면 내일 하늘엔터 대표님께서 민예리 배우님을 모시고 와서 유토피아 향수 모델 계약서를 정식으로 작성하기로 했습니다."

석기는 아직 민예리와 향수 광고 모델 계약서를 작성한 상황이 아니었기에 양재기 감독에게 그걸 솔직하게 밝혔다.

얼마든지 좋게 포장해서 양재기를 솔깃하게 만들어 향수 광고 제작에 끌어들일 수 있었지만 석기는 그러고 싶지 않았다.

성수로 만든 비누였다.

효과를 백퍼센트 보장할 수 있는데 왜 거짓말로 둘러댄다는 말인가.

물론 판단은 상대의 몫이지만 석기는 양재기와 처음부터 거짓으로 시작하고 싶지 않았다.

거짓으로 시작한 인연은 결국 오래가지 못할 것이니 말이다.

석기는 홀리광고제작사도 그렇지만 스톰광고제작사와도 한번 연을 맺으면 오래가고 싶었다.

–신석기 대표님! 그쪽 회사 제품에 열정을 갖고 있는 것은 좋지만 민예리 배우님 얼굴 상태를 못 보셔서 그런 말씀을 하시나 보군요.

양재기 감독이 이렇게 나올 것을 이미 예상하고 있던 석기의 음성이 더욱 차분해졌다.

"양 감독님! 혹시 전에 인터넷에 유토피아 비누 후기가 올라온 거 보셨는지 모르겠지만 그거 실화입니다. 물론 양 감독님 입장에선 지금 제 말이 쉽게 믿기지 않을 것이라는 점, 충분히 이해합니다."

양재기 속마음이 들렸다.

[비누 후기가 실화라고? 그 말을 나보고 믿으라고? 나도 민예리 배우와 다시 일을 하고 싶긴 하지만 하루아침에 얼굴이 정

상으로 돌아오는 건 어려울 거야.]

차마 말은 못 하고 잠시 침묵을 유지하는 양재기의 태도에 석기가 속으로 빙고를 외쳤다.

이제는 딜을 할 차례였다.

"양 감독님! 만일 민예리 배우님이 저희 유토피아 비누를 사용하고 내일 얼굴이 말끔히 치유된다면, 양 감독님께서는 유토피아 향수 광고를 맡아 주실 의향은 있으십니까?"

양재기가 흔쾌히 콜을 했다.

-정말 그렇게만 된다면 향수 광고 제작을 맡겠습니다. 심지어 광고 제작 비용에서 제가 받을 몫은 받지 않고 무료로 봉사하겠습니다. 하지만 지금까지 했던 말씀이 허풍일 경우엔 신 대표님께서도 각오하셔야 할 겁니다. 유토피아에서 출시할 비누가 허위라는 것을 인터넷에 올려 버릴 생각입니다. 그래도 괜찮겠습니까?

양재기의 말에 석기가 피식 웃었다.

어차피 내일이면 모든 것이 밝혀지겠지만 양재기는 아직 석기의 말을 신뢰하지 못하는 분위기였다.

"저도 좋습니다. 제 말이 허풍일 경우라면 얼마든지 인터넷에 유토피아를 저격하셔도 감수하겠습니다. 하지만 이것 하나만은 장담합니다. 유토피아에서 생산될 제품들은 결코 대중을 기만하는 제품이 아니란 점이죠. 그리고 양 감독님께 유토피아에서 출시할 향수 샘플을 택배로 보내 드릴 테니 한번 사용해 보시기 바랍니다."

–향수 샘플을 보내 준다고요?

"양 감독님께 저희 향수를 사용해 본다면 경이로운 놀라움을 경험하게 되실 겁니다. 그럼 내일 민예리 배우님 상태를 확인하는 대로 다시 연락드리겠습니다."

⊗

스톰광고제작사.

택배 기사가 양재기를 찾아왔다.

"택배입니다!"

"누가 보낸 거죠?"

"유토피아에서 보냈습니다!"

"유토피아? 벌써?"

"물건 여기 있습니다."

"아, 네에."

택배 기사가 사라지자 양재기는 손에 들린 소형 박스를 어이없다는 눈으로 쳐다봤다.

석기와 통화를 나눈 지 30분도 되지 않아서 택배가 도착한 것이니 말이다.

"뭐, 받았으니 한번 뜯어 볼까."

양재기가 소형 박스를 오픈했다.

작은 유리병 하나가 들어 있었다.

석기가 말한 향수 샘플로 보였다.

"릴렉스 1호?"

유리병에 〈릴렉스 1호〉란 메모지가 부착되어 있는 것을 봐선 향수의 명칭이 아닐까 싶었다.

"어디 사용해 볼까?"

양재기 감독은 대수롭지 않게 생각했다.

신생 업체에서 향수를 만들어 봤자 얼마나 대단한 물건을 만들 수 있을까 싶었기에.

사실 양재기 감독은 향수 뿌리는 것을 별로 선호하지 않다 보니 거부감도 없지 않았지만 보내 준 석기의 성의를 생각해서 향수를 손목에 살짝 뿌렸다.

칙칙!

독한 향기를 예상하고 코를 찡긋거리던 양재기의 동공이 갑자기 확 커졌다.

석기가 보내 준 릴렉스 향수.

양재기가 생각하는 보통 향수와는 차원이 달랐다. 전혀 거부감이 느껴지지 않았다.

오히려 향이 너무 좋아 양재기는 자신도 모르게 손목 끝에 코를 가져다 대며 킁킁거리기까지 했다.

'이런 향기라면 매일 뿌려도 상관없겠는데.'

그런데 향기만이 아니었다.

스트레스로 인해 늘 두통을 달고 살았는데 신기하게도 두통이 감쪽같이 사라졌다.

'설마 향수 효과?'

갑자기 사라진 두통이 만일 향수를 뿌려서 생긴 현상이라면 이건 엄청난 일이었다.

바로 그때였다.

조감독이 안으로 들어와 코를 킁킁거리며 양재기를 쳐다봤다.

"양 감독님! 이 향기 뭐예요?"

"응?"

"향기 진짜 좋다! 마치 달이 뜬 밤에 숲속에 들어온 기분이네요. 전혀 인위적이지 않고 너무 좋아요. 향을 맡고 나니 마음도 편안해진 기분이고, 대체 무슨 향수인데 이렇게 좋죠?"

"흐음, 유토피아에서 보내 준 향수인데 시험 삼아 한번 뿌려 봤어."

"유토피아에서 향수를 보내 주었다고요?"

"향이 생각보다 괜찮네."

"이건 괜찮은 것이 아니라 완전 대박이죠! 사무실 안이 갑자기 청정 지역이 되어 버렸어요! 그런데 유토피아에서 향수도 제작하나요?"

"그런 모양이야."

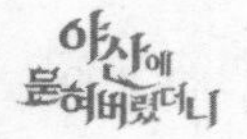

"설마 향수 광고 찍게요?"

"그건 생각 좀 해 보고."

양재기 감독은 릴렉스 향수를 얼른 서랍 안에 집어넣었다.

향수를 싫어하는 그였지만 릴렉스 향수는 이상하게 탐이 났던 탓이다.

그런 양재기의 태도에 조감독은 입맛을 다셨다.

실내에 떠도는 잔향에 반해 버린 것이다.

퇴근을 해야 하는데 오늘따라 발길이 떨어지지 않는다.

그건 양재기도 마찬가지였다.

코를 벌름거리며 잔향을 음미했다.

이곳이 천국이란 생각이 들 정도로 심신이 한없이 편안했다.

'이 향수가 세간에 출시된다면…….'

릴렉스 향수를 한번 사용한 사람은 앞으로 다른 향수는 쳐다보지도 않을 것이 분명했다.

양재기의 심장이 두근거렸다.

스톰광고제작사에서 만든 광고 중에서 대박을 친 광고들 대부분이 바로 양재기 감독의 손을 거친 광고들이라 보면 되었다.

대박 광고가 될 물건을 보면 감이 왔다.

그런 점에서 릴렉스 향수가 딱 그러했다.

'만일 민예리 배우가 향수 모델을 한다면…….'

최적의 광고를 찍을 수 있을 터.

릴렉스 향수에 잘 어울리는 배우였다.

양재기는 릴렉스 향수를 광고로 제작하고 싶다는 열망이 스멀스멀 불처럼 번지기 시작했다. 이런 감정 정말 오래간만이었다.

※

하늘엔터 대표 채현우.

그가 민예리 숙소를 방문했다.

석기에서 받아온 비누를 꺼내 민예리에게 건넸다.

"처제, 이거 받아."

"그게 뭔데요, 형부?"

"유토피아에서 만든 비누야."

"이게 유토피아 비누라고요? 혹시 인터넷에 후기 올라왔던 그 비누 말인가요?"

"맞아."

"이걸 형부가 어떻게……?"

민예리의 깜짝 놀란 표정에 채현우가 머쓱한 표정으로 석기와 나누었던 얘기를 밝혔다.

"아까 처제 데리고 피부과 다녀오고 나서 이대로 도저히 안 되겠다고 생각했어. 그래서 처제 몰래 그 길로 유토피아를 방문했지. 그곳 대표에게 사정을 얘기하고 비누를 달라고 부탁했어.”

“이 비누, 구하기 힘들다고 하던데요. 명성의 오장환 회장 딸도 비누를 받고자 요청했지만 들어주지 않았다는 소문이 던데요. 그런데 형부에게는 비누를 줬다고요?”

채현우는 석기 앞에 무릎을 꿇었단 사실을 차마 민예리에게 털어놓을 수가 없었다.

“운이 좋았어. 마침 유토피아 대표가 예리 너를 향수 광고 모델로 섭외하고 싶어 하더라고. 그래서 비누를 쉽게 얻을 수 있었어. 대신 비누를 사용해 보고 효과가 있으면 그쪽의 향수 광고 모델이 되어 주기로 했어. 처제와 상의 없이 약속을 해서 미안해.”

“괜찮아요, 형부. 일감을 따온 건데 저야말로 땡큐죠. 근데 비누 진짜 효과가 있대요?”

“그쪽 대표가 아주 자신하던데? 오늘밤에 비누를 사용하면 내일이면 얼굴이 말끔히 정상으로 돌아올 거라고 했어.”

“진짜요?”

“그래, 비누 후기 사진 그거, 실화가 틀림없어. 그쪽 비누 광고를 찍은 모델도 직접 만나 봤거든. 얼굴이 완전 꿀피부더라.”

“비누 모델을 만났다고요?”

“나오는 길에 어쩌다 인사를 나누게 되었어. 그 사람 말을 들으니 안심이 되더라. 이제 처제도 비누로 세안하고 푹 자고 나면 내일이면 트러블이 모두 사라질 거야."

"형부! 저 비누 사용해 볼래요!"

"그래, 그게 좋겠다."

민예리가 비누를 들고 욕실로 움직였다.

소파에 앉은 채현우가 양손을 모아 쥐곤 눈을 감았다.

석기의 말을 믿고 있지만 그래도 제발 효과를 보기를 기도했다.

욕실에서 나온 민예리.

확실히 효과가 있었다.

흉하던 얼굴이 거의 정상에 가까워졌다.

흥분한 민예리를 다독이는 채현우 눈가가 붉어졌다.

"내일은 더 좋아질 거야!"

"네! 형부!"

"잘 자고 내일 봐, 처제!"

"네, 형부! 조심해서 들어가세요."

아침이 되었다.

푹 자고 일어난 민예리는 욕실로 달려가 비누로 세안했다.

"대에박!"

민예리는 거울에 비친 자신의 얼굴을 확인하곤 입이 떡 벌어졌다.

트러블은 이제 찾아볼 수 없었다.

아니, 오히려 놀랍게도 본래 피부보다 더 좋아졌다.

"와아아! 피부가 더 좋아졌다!"

※

채현우에게서 연락이 왔다.

그는 울먹이면서, 너무 감사하다며 제대로 말도 못했다.

은혜는 반드시 갚겠다는 말에, 석기는 민예리 배우가 향수 광고를 제대로 찍어 주면 그걸로 족하다고 했다.

채현우와 통화가 끝나자 석기는 양재기에게 연락했다.

민예리 배우 얼굴이 정상으로 돌아왔다는 석기 말에 양재기는 아직 반신반의하는 기색이었다.

해서 양재기에게 직접 유토피아를 방문해서 민예리 얼굴을 두 눈으로 확인해 보라고 했다.

향수를 사용해 본 소감도 물었다.

양재기는 '마력의 향수'라고 했다.

한번 릴렉스에 빠져들면 영원히 빠져나올 수 없는 향기라면서 열변을 토했다.

※

유토피아 대표실.

채현우를 대동한 민예리 배우와, 스톰광고제작사의 대표를 대신하여 양재기 감독이 석기 사무실을 방문했다.

실물로 보는 민예리 배우.

진짜 여신처럼 아름다웠다.

양재기도 민예리 얼굴을 보고 크게 놀란 표정이었다.

하늘엔터 대표 채현우가 석기를 웃으며 쳐다봤다.

"모두 신 대표님 덕분입니다! 다시 한번 감사드립니다!"

"저야말로 감사드립니다! 톱스타이신 민예리 배우님과 톱급 광고 제작 능력을 갖고 계신 양재기 감독님을 저희 유토피아 향수 광고에 모실 수 있게 되어 진심으로 기쁘게 생각하고 있습니다. 그럼 계약서를 작성하도록 하죠."

석기의 말에 양재기가 나섰다.

"신 대표님! 제작사 대표님과 상의했습니다. 유토피아 향수 광고 제작은 명성에서 받은 금액의 절반 가격으로 계약을 하면 될 겁니다. 그렇다고 광고의 질이 떨어지는 일은 절대 없을 겁니다."

채현우도 나섰다.

"신 대표님! 저희도 모델료를 명성에서 제안했던 모델료의 10%만 받도록 하겠습니다. 마음 같아선 무료로 봉사하고 싶지만, 저희 기획사 재정 상태가 넉넉하지 못해서 죄송합니다."

석기가 민예리를 쳐다봤다.

모델인 그녀의 생각도 중요했기에.

석기의 시선에 그녀가 미소를 머금어 보였다.

"괜찮습니다. 제 얼굴을 이렇게 정상으로 돌아오게 해 주셨으니 광고 정말 잘 찍어서 대박 광고라는 소리를 듣도록 하겠어요."

석기가 이번엔 변호사를 쳐다봤다.

구 노인을 도와주던 변호사였는데 이제 유토피아 고문 변호사가 되었다.

"변호사님! 계약을 진행하시죠."

"다들 이쪽 테이블로 자리를 옮기는 게 좋겠습니다."

분위기가 화기애애했다.

명성의 신제품 스킨 커버를 사용하고 얼굴 피부가 뒤집혔던 민예리 배우는 석기가 준 〈연예인 1호〉 비누를 사용하고 더욱 피부가 좋아진 상태였다.

당연히 향수 광고 모델을 맡게 된 것을 아주 기쁘게 받아들였다.

양재기 역시 석기가 택배로 보내 준 〈릴렉스 1호〉 향수에 푹 빠져 버려 빨리 광고를 찍고 싶을 정도로 손이 근질거리는 상황이었다.

"자! 이제 모두 끝났습니다!"

"수고하셨습니다, 변호사님!"

계약서 작성은 수월하게 끝났다.

톱스타와 톱급 광고제작사를 향수 광고 제작에 끌어들이게 되었다.

그런데도 유토피아에 유리한 조건으로 계약을 마칠 수 있었다.

양재기가 흥분한 어조로 말했다.

"신 대표님! 대표님만 괜찮으시다면 향수 광고 촬영은 내일부터 시작할 생각입니다."

"저야 상관없지만 민예리 배우님은 어때요?"

"저도 좋아요! 호호!"

"그렇담 내일부터 촬영에 들어가도 되겠군요. 광고 콘셉트는 정하셨나요?"

"물론입니다! 어젯밤에 한숨도 못자고 광고 콘셉트와 시안까지 모두 짜 놓은 상황이니 염려 마십시오! 그리고 돌아가는 대로 스튜디오도 내일 촬영에 지장이 없도록 만반의 조치를 취해 놓도록 하겠습니다!"

"감독님! 진짜 멋지세요! 저 이번 향수 광고 완전 기대하고 있거든요. 최선을 다할 테니 저 예쁘게 찍어 주세요."

"하하하! 우리 배우님 거기서 더 예쁘시면 곤란한데요?"

열의가 넘치는 양재기 감독이었고 민예리도 활기가 넘쳤다.

둘의 케미가 상당히 좋아 보였기에 석기의 입꼬리가 기분 좋게 올라갔다.

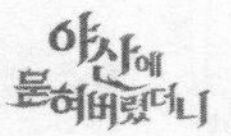

※

한편 명성기업 회장실.

오장환을 찾아온 차 이사가 유토피아와 관련한 정보를 회장에게 보고했다.

"회장님! 유토피아에서 비누 말고도 향수를 제작한다고 합니다!"

"향수? 그딴 신생 업체에서 만들어 낸 향수를 누가 산다고 그래? 저렴한 버전의 향수를 만들어서 돈을 좀 벌겠다는 수작인 모양이군."

오장환은 유토피아에서 제작한 향수를 우습게 취급했다. 적어도 고급 향수를 제조하기엔 여러 가지 면에서 딸리는 유토피아였기에 오장환이 생각하기엔 필시 저렴한 버전의 향수를 만들어 판매할 것이라고 여겼다.

"한데 민예리 배우가 향수 광고를 찍는다고 합니다."

"그게 뭔 소리야? 민예리 피부가 뒤집혀졌다면서?"

"민예리 배우 유토피아 비누를 사용하고 얼굴이 정상으로 돌아왔답니다!"

"얼굴이 정상으로 돌아와?"

"세라 아가씨를 위해 비누를 요청했을 때는 콧방귀도 끼지 않더니, 민예리 배우에게는 유토피아에서 비누를 준 모양입니다! 보아하니 그쪽 대표가 향수 광고 모델로 섭외할 생각에 민예리 배우에게 비누를 준 것이 분명합니다!"

"그런 괘씸한 놈이 다 있나? 그렇게 효과가 좋다면 진즉에 우리 세라에게도 비누를 내줄 것이지!"

"그러게 말입니다! 아주 괘씸한 놈이 아닐 수 없습니다! 진즉에 비누를 내주었으면 우리 세라 아가씨가 미국으로 떠날 일도 없었을 텐데 말입니다."

차 이사는 오장환의 말에 맞장구를 쳐 주었다.

처음에는 오장환의 측근이 되었다고 거들먹거리며 회장의 비위를 건드리는 소리도 곧잘 하기도 했다.

하지만 이번에 신제품 광고 건으로 자칫하다간 죽은 비서 실장의 꼴이 될지도 모른다는 것을 자각한 후로는 바짝 태도를 낮추게 되었다.

참고로 오세라는 얼굴 피부를 치료받고자 며칠 전에 미국으로 떠난 상태였다.

"그럼 향수 광고도 비누 광고를 찍었던, 같은 상가 건물에 있다던 허접한 곳에 의뢰를 했겠군."

오장환의 말에 차 이사의 표정이 살짝 긴장된 듯 보였다.

"그게…… 향수 광고는 다른 곳에서 제작이 들어갈 모양입니다."

"다른 곳? 어느 광고제작사야?"

"저희 명성 신제품 광고를 찍으려다 계약 파기를 했던 스톰광고제작사라고 합니다."

"스톰광고제작사?"

"그렇습니다! 그것도 저희랑 했던 계약과는 달리 대폭 저렴한 금액으로 계약했다는 말도 있습니다. 그리고 민예리 배우도 저희가 제안했던 모델료의 10%만 받고 모델을 한다는 말도 있고요."

차 이사의 말이 끝나자 오장환의 눈빛이 사납게 번들거렸다.

"민예리! 양재기! 시방 이것들이 짜고서 나를 물 먹이겠다는 거야, 뭐야!"

"이건 제가 생각하기에도 대놓고 우리 명성을 엿 먹이겠다는 수작으로 보이긴 합니다!"

"이이익! 이것들이 하필이면 유토피아야! 내 이것들을 가만두지 않을 테다!"

신제품 스킨 커버의 광고 제작.

일부러 톱스타 민예리를 모델로 섭외했고, 광고제작사도 국내에서 최고로 인지도 높은 스톰광고제작사를 택했다.

그랬는데 양재기 감독이 고집을 부려 민예리가 광고 촬영을 하다가 스킨 커버를 사용하는 바람에 그녀의 얼굴 피부가 뒤집혀서 광고 촬영이 그만 무산이 된 것이다.

그래서 그것에 대한 대비책으로 다른 모델과 광고제작사로 겨우 신제품 광고 촬영을 하고 있는 상황인데 이런 소식을 들으며 오장환은 복장이 터졌다.

"민예리랑 양재기! 당장 무슨 수를 써서라도 그것들이 유토피아 향수 광고를 찍지 못하게 막아! 정 안되면 교통사고를 내서 팔다리를 부러뜨려 버려!"

"그건 좀…… 곤란합니다."

"뭐가 곤란하다는 거야!"

"전에 계약 파기를 하는 조건으로 약속한 것이 있습니다. 공증까지 받은 내용이라 어기면 문제가 복잡해질 겁니다."

"대체 어떤 약속인데 그래?"

"계약 파기를 하고 나서 6개월 안쪽에 그들에게 문제가 생길 시에 명성에서 1명당 100억씩 보상해 주기로 했습니다."

차 이사의 말에 오장환이 버럭 화를 내고 말았다.

"뭐, 뭐라고? 100억? 그게 대체 무슨 소리야! 왜 그딴 것들에게 100억을 보상해 준다는 거야!"

"신제품 스킨 커버의 성분 검사를 못하게 막기 위해서 그들이 원하는 조건을 들어주는 수밖에 없었습니다. 아마 저희 명성과 계약 파기를 하고 나서 후환을 염려하여 함께 짜고서 그런 조치를 취한 것이 분명합니다."

진심으로 당황스러운 듯 고개를 숙이는 차 이사.

"해서 죄송한 말씀이지만…… 지금 만일에 민예리와 양재기를 잘못 건드렸다간 자칫 200억이 깨질 수가 있습니다. 오히려 명성 입장에선 그들이 다치지 않도록 기도를 해야 하는 판국입니다."

차 이사의 얘기에 오장환은 뒷목이 뻣뻣해졌다.

물론 차 이사 말대로라면 6개월이 지난 후부터는 민예리와 양재기를 손을 봐줘도 되지만, 지금 당장이 문제였다.

유토피아가 갤로리아에 입점하게 되면 명성과 3개월 동안의 매출을 놓고 경쟁하게 된다.

그랬기에 민예리와 양재기를 손을 봐주려면 지금이 적기였는데, 일이 이렇게 되면 그들을 잘못 건드릴 시 오히려 명성에 득보다 실이 더 많을 터였다.

그만 분한 감정을 이기지 못해 얼굴이 시뻘겋게 달아오른 오장환이 차 이사를 잡아먹을 기세로 노려봤다.

"빌어먹을! 그 얘기를 왜 이제야 하는 거야!"

"실은 전에 그 얘기를 말씀드리고자 회장님께 연락드렸는데……. 그때 회장님께서 버럭 화를 내시면서 저보고 알아서 처리하라고 고함을 치시는 바람에 그냥 제 선에서 알아서 처리하게 되었습니다."

"으이구! 그래도 그런 문제라면 어떻게든 내게 알렸어야지!"

오장환은 눈치없는 차 이사로 인해 진짜 복장이 터졌기에 가슴을 팡팡 주먹으로 두드려댔다.

민예리와 양재기.

그들과 계약 파기를 하기 전에는 명성 광고를 빛나게 만들 존재로 여겼는데, 이제는 원수나 다름없게 되었다.

특히 민예리와 양재기가 유토피아 향수 광고를 찍어서 대박을 터트리게 된다면 너무 배가 아플 터였다.

그렇다고 둘을 손봐 주고 싶어도 함부로 움직일 수가 없다는 것이다.

속을 부글부글 끓이던 오장환.

그나마 한 가지 위안을 삼자면.

유토피아 향수.

아무리 멋지게 광고를 만들어 봤자 향수 품질이 좋지 못하면 말짱 꽝이 될 것이라 여겼다. 분명 향수 품질은 완전 꽝일 것이다.

❈

건물 옥상 위.

그곳에 석기와 박창수가 올라왔다.

"신 대표! 이렇게 되면 6개월 동안은 명성에서도 민예리 배우와 양재기 감독을 함부로 건드리지 못하겠는데?"

"정말 다행이지, 뭐. 둘 다 명성과 계약 파기를 하긴 했지만 명성의 후환이 두려워서 그런 단서를 단 모양인데 우리로선 잘된 일이야."

"킥킥! 지금 오장환 회장 배가 아파서 죽는다고 하겠군."

"그나마 그쪽에선 우리 향수를 우습게 여기고 있을 테니 그걸로 위안을 삼고자 하겠지."

안 그래도 석기는 민예리 배우와 양재기 감독을 유토피아 향수 광고로 끌어들였다.

하지만 속으론 명성에서 둘에게 무슨 해코지라도 할까 우려도 없지 않았다.

하지만 그 문제는 더는 걱정하지 않아도 될 터.

신변을 약속한 6개월.

적어도 6개월이 지나기까지는 민예리와 양재기를 때려죽이고 싶어도 명성에서 함부로 손을 대지 못할 테니 말이다.

아니면 거금을 물어주고 민예리와 양재기를 처리하는 방법도 있다.

그러나 일단 오장환은 유토피아에서 출시할 향수를 우습게 여기고 있을 것이니 그런 방법까지는 사용하지 않을 것이라 여겼다.

"석기야! 명성도 별것 없네!"

"맞아! 성수만 있으면 우린 천하무적이니까! 광고와 품질. 명성을 두 번 압도하게 될 거야!"

석기는 주먹을 꽉 거머쥐었다.

갤로리아에 입점하기까지 이제 한 달 남았다.

그 안에 광고를 매스컴에 터트려 효과를 볼 생각이다.

물론 명성에서도 석기와 같은 생각을 하고 있을 터.

그러나 절대 광고도 그렇고 품질에서도 명성에 밀리지 않을 것이라 자신했다.

※

스톰광고제작사.

전에 명성 신제품 스킨 커버를 촬영했던 스튜디오가 이번에는 유토피아 릴렉스 향수 광고를 찍는 장소로 탈바꿈했다.

릴렉스 향수 광고 콘셉트.

지옥과 천국을 콘셉트로 잡았다.

양재기 감독은 릴렉스 향수가 한번 사용하면 절대 그 매력에서 벗어날 수 없는 '마력의 향수'라는 생각에, 대중에 강렬하면서도 매혹적인 이미지를 보여 줄 의도였다.

특히 반전의 매력.

그걸 확실하게 보여 주기 위해서 강렬한 연출을 원했고, 그래서 정한 콘셉트가 바로 지옥과 천국이었다.

릴렉스 향수를 사용하기 전에는 지옥의 악마로 표현될 것이고, 향수를 사용하고 나서는 천사처럼 표현할 의도였다.

릴렉스 향수 모델을 맡은 민예리는 연기력이 뛰어난 톱급 배우였기에 상반되는 두 가지 모습을 자연스럽게 보여 줄 것이라 기대되었다.

양재기가 직접 석기와 일행을 지옥 촬영장으로 꾸며진 스튜디오로 안내했다.

박창수와 구민재도 향수 촬영장에 함께 동반한 상태였다.

“여기가 바로 스튜디오입니다. 오늘은 지옥의 장면부터 먼저 촬영에 들어갈 겁니다.”

지옥 콘셉트로 꾸며진 스튜디오는 상당히 공을 들인 흔적이 역력했는데, 진짜 지옥에 들어선 것처럼 한눈에 보기에도 어둡고 음산한 느낌이 물신 풍겨 소름을 오소소 끼치게 할 정도였다.

여기에서 민예리 배우는 어떤 연기를 보여 줄지 흥미로웠다.

이번 광고를 인생 역작으로 만들 의도인 양재기 감독이었기에 평범한 악마로는 절대 오케이 사인을 받지 못할 것이라 여겼다.

“지옥 콘셉트에서는 민예리 배우의 연기력이 매우 중요하게 작용될 겁니다. 그동안 민예리 배우님이 대중에 보여 주었던 이미지는 대체적으로 단아하고 선한 이미지에 가깝기 때문에 이곳에서는 그런 이미지에 대한 반전이 필요한 셈이죠.”

석기와 일행이 양재기의 안내로 지옥으로 연출된 스튜디오를 구경하고 있는데, 마침 분장이 끝나고 촬영 의상까지 갈아입은 민예리 배우가 하늘엔터 대표 채현우와 함께 촬영장에 등장했다.

“헐!”

석기의 입이 떡 벌어졌다.

메이크업, 헤어스타일, 의상.

딱 폭탄 맞은 여자를 떠올렸다.

인생의 온갖 고난은 다 겪은 듯이 여겨질 정도로 처참한 몰골로 변한 민예리의 분위기였다.

한편으론 여신처럼 아름다운 민예리 배우를 저렇게까지 망가지게 만들 수가 있다는 것에 경악을 금치 못했다.

그것도 모르고 어제 4일짜리 성수를 한 병 민예리에게 건넸다. 오늘 광고 촬영에 들어간다는 것에 피부가 더 좋아지라고 말이다.

"허!"

"하!"

박창수와 구민재도 망가진 민예리 모습에 석기 못지않게 충격을 받은 표정인지라, 양재기가 피식 웃으며 설명해 주었다.

"많이들 놀라신 모양이군요. 오늘 촬영에선 최대한 망가진 모습을 연출하는 것이 콘셉트여서요. 스트레스가 극에 달해 지구를 폭파해 버리고 싶은 그런 느낌을 들게 연출할 생각이거든요."

민예리가 석기 앞으로 다가왔다.

그녀는 망가진 모습에도 아랑곳하지 않고 생글거리며 석기를 향해 인사를 했다.

"안녕하세요, 대표님! 촬영장까지 찾아와 주셔서 감사합니다!"

"그래요, 촬영 기대할게요."

석기가 고갤 끄덕여 주었다.

민예리는 처참하게 망가진 분장을 하고 있지만 눈빛은 별처럼 반짝이고 있었다. 눈빛만으로도 아우라를 풍기고 있는 그녀였다. 괜히 톱스타가 아닌 모양이었다.

"민예리 배우님! 스탠바이 해 주세요!"

조감독이 민예리 배우를 스탠바이 지점으로 이끌었고, 양재기도 촬영지점으로 이동했다. 혼자 남은 채현우가 촬영장 가장자리에 서 있는 석기 옆으로 다가와 합류했다. 촬영에 들어가기까지 약간 시간이 있었기에 촬영 콘셉트에 대해서 대화를 나눴다.

"지옥 콘셉트라 그런지 분위기가 음산하네요."

"민예리 배우님이 지금 분장을 거부하지 않아서 다행이긴 합니다."

"우리 배우님이 저런 면에선 꽤 강하긴 하죠. 오늘 광고 기대해도 좋을 겁니다. 양 감독님 분위기도 그렇고, 우리 배우님도 근래에 들어 최상의 컨디션으로 보이거든요."

민예리를 바라보는 채현우 눈빛은 신뢰로 가득했다.

하긴 석기가 보기에도 파이팅이 넘쳐 나는 민예리와 양재기 분위기이긴 했다. 톱스타와 톱급 광고제작사의 감독. 둘의 케미도 좋고 열정도 강했다. 멋진 광고가 탄생할 것이라 기대되었다.

"레디! 액션!"

드디어 향수 광고 촬영이 시작되었다.

석기와 인사를 나눌 때는 생글거리던 민예리의 표정이, 양재기의 슛 사인이 흘러나온 순간 확 변했다.

서 있는 자체만으로 긴박감을 주고 있었다.

터지기 직전의 시한폭탄.

딱 그런 느낌을 자아냈다.

카메라를 노려보던 민예리의 호흡이 점차 거칠어지더니 미친 여자처럼 머리를 마구 쥐어뜯으며 절규하기 시작했다.

그녀의 눈동자.

이글거리는 불꽃이 흘러나오는 느낌마저 들었다.

소름이 오싹 끼쳤다.

인격이 전혀 다른 존재처럼 여겨질 정도였다.

"아주 좋아요! 오케이! 컷!"

양재기 감독에게서 단 한 번에 오케이 사인을 받아 냈지만, 민예리가 모니터에 찍힌 영상을 확인하더니 뭔가 마음에 안 드는지 고개를 저어 댔다.

"다시 찍고 싶어요."

그런 식으로 서너 번의 촬영이 거듭되었고, 촬영에 임할 때마다 민예리는 진짜 악마처럼 보일 정도로 엄청난 연기력

을 보여 주었다.

그러다 마지막 신에서는 그녀의 동공이 잔뜩 충혈까지 된 상태였는데, 오히려 그것이 마음에 들었는지 그제야 민예리는 흡족하게 양재기의 오케이 사인을 받아들였다.

지옥 콘셉트에서 가장 중요한 장면이 통과되자 남은 촬영은 일사천리로 이루어졌다.

⊛

다음 날.

이번 촬영은 천국 콘셉트였다.

어제와 마찬가지로 석기는 박창수와 구민재를 동반한 채 촬영장에 도착했다.

양재기 감독이 오늘도 석기와 일행을 스튜디오 안으로 안내했다.

한편으론 명성의 신제품 스킨 커버 광고 촬영이 불발된 것에 유토피아가 혜택을 보게 된 셈이었다.

스톰광고제작사에서는 릴렉스 향수 촬영을 전폭적으로 지원했다. 제작팀 전원이 밤새 매달려서 촬영장을 꾸민 모양이었다.

그럼에도 어제 지옥 콘셉트 촬영이 하루 만에 끝난 것에 보람을 느꼈는지 다들 표정들이 밝았다.

"이번엔 천국 콘셉트입니다!"

확실히 어제와는 너무 비교가 되는 분위기였다.

조명, 인테리어가 지극히 평화롭고 아늑해 보였다.

석기도 천국이 어떤 곳인지는 정확하게 모른다.

그건 양재기 감독도 마찬가지일 터.

그저 천국은 이런 곳일 것이라고 생각하여 흉내를 낸 것에 불과할 것이다.

그런데 실내에 떠도는 공기에서 릴렉스 향수 향기를 감지한 순간 석기의 입꼬리가 슬며시 올라갔다.

다른 것은 몰라도 릴렉스 향기에.

진심 이곳이 천국처럼 여겨진 탓이다.

"온화하고 행복한 느낌이 가득하네요."

"스튜디오를 천국 콘셉트로 꾸미긴 했지만 이왕이면 보다 완벽하게 천국 분위기를 연출하는 것이 좋을 듯싶어서 릴렉스 향수를 좀 이용했습니다. 그런데 확실히 릴렉스 향수를 뿌렸더니 2% 부족했던 공간의 분위기가 완벽하게 변했어요."

"그러네요."

양재기 감독의 말을 인정하듯이 석기가 흡족히 고갤 끄덕여 주었다.

릴렉스 향수를 뿌린 것으로 조금 미흡했던 스튜디오의 분위기가 제대로 천국을 연출한 셈이 된 것이다.

스튜디오 안에 감도는 릴렉스 향수 향기 덕분에 오늘 이곳에서의 촬영은 아주 행복하게 이루어질 것이라 여겨졌다.

그때였다.

분장을 마친 민예리가 등장했다.

어제와는 백팔십도로 달라진 그녀의 분위기였다.

참고로 어제 지옥 콘셉트 광고 촬영을 마치고 돌아갈 때, 4일짜리 성수를 또 한 병 그녀에게 건넸다.

그 영향일까.

그녀에게서 빛이 났다.

얼굴 피부는 말할 것도 없고 성스러운 아우라로 가득한 그녀의 모습에 보는 눈이 황홀할 정도였다.

메이크업, 헤어스타일, 의상.

모든 것이 너무 잘 어울렸다.

릴렉스 향수처럼 신비로운 청아함이 물신 풍겼다.

"와아!"

"대박!"

"너무 아름답다!"

"아우라 장난 아닌데?"

"오! 천사가 강림하셨다!"

박창수와 구민재도 어제와는 다른 의미로 크게 놀란 표정이었고, 제작팀 스태프들은 아예 입을 떡 벌린 몰골로 그녀를 쳐다봤다.

그리고 양재기 감독.

촬영장에서 총사령관 격인 그는 얼굴이 상기된 기색으로 주먹을 부르르 떨어 댔다.

양재기가 생각하던 천국의 콘셉트에 너무도 잘 어울리는 민예리 모습이었기에.

"레디! 액션!"

톱급 배우답게 민예리에게는 디테일한 연기를 요구할 필요조차 없을 정도로, 양재기 감독의 숫사인에 알아서 분위기를 연출했다.

민예리가 환하게 미소를 지었다.

세상에서 가장 행복한 사람처럼.

어제와는 달리 너무 평화로워 보였다.

촬영을 지켜보는 모두가 그녀의 미소에 녹아 버렸다.

톱급 배우의 매력이 여실히 실감 되었다.

그중에서 유일하게 정신을 차린 양재기 감독.

"오케이! 컷!"

완벽한 영상을 건졌다.

양재기 감독에게서 힘찬 오케이 사인이 터졌다.

그리고 달려와 모니터를 확인한 민예리.

그녀도 어제와는 달리 입가가 웃고 있다.

오늘 장면은 마음에 드는지 흔쾌한 기색으로 고갤 끄덕였다.

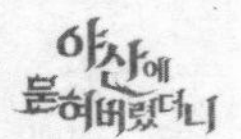

지옥에서 천국으로!

마력의 향수 릴렉스!

이건 향수 광고 카피였다.

지옥에서 벗어나 천국에 이른 그녀가 행복하게 웃는 장면에서 광고 카피가 흘러나올 터.

자연스럽게 광고 영상이 석기 머릿속에 떠올랐다.

너무 멋졌다.

한번 보면 또다시 보고 싶은 광고.

광고 영상을 본 사람들은 릴렉스 향수를 기억하게 될 것이다.

'역시 톱급 광고제작사답게 광고가 참 고급스럽긴 하네.'

석기는 역시 향수 광고는 스톰 제작사에 맡기기를 잘했다는 생각이 들었다.

명성에 엿을 먹일 생각에 스톰광고제작사의 양재기를 릴렉스 향수에 끌어들이긴 했지만, 역시 톱급 광고제작사 답게 급이 다르긴 했다.

물론 홀리광고제작사의 유승열도 상당히 창의적이고 연출감각이 뛰어난 인물이긴 했지만, 제품의 보다 깊은 매력을 보여 줄 수 있다는 점에선 아무래도 광고 제작 경험이 많은 양재기가 한 수 위였다.

"신 대표님! 비누 광고 촬영도 근사하긴 했지만, 향수 광고 촬영은 뭔가 좀 더 전문적이고 고급스러운 느낌이 드네요."

향수 광고 촬영을 모두 지켜본 구민재의 평이었고, 석기도 그 점은 인정했다.

"제가 보기에도 그렇네요."

박창수도 웃으며 끼어들었다.

"민예리 배우님과 양재기 감독님의 케미가 좋아서 더욱 멋진 광고가 된 거 같지?"

"맞아. 그런 거 같다! 하하하!"

석기가 환하게 웃었다.

비누 광고도 그것대로 매력이 있었고, 향수 광고 역시 매력이 넘쳐났다.

이번 광고 촬영도 본래 계획보다 빨리 끝났다.

비누 광고보다 하루가 더 걸리긴 했지만 향수 광고를 이틀만에 촬영을 마감했으니 이것도 엄청 빠른 셈이었다.

이제 양재기 감독 역할만 남았다.

촬영은 모두 끝났으니 지옥에서 천국으로 연결되는 장면의 편집을 어떻게 하느냐에 따라 향수 광고의 매력이 더욱 커질 터였다.

"민예리 배우님! 수고하셨습니다!"

"호호! 신 대표님이 주신 성수를 마신 덕분에 촬영하는 내내 릴렉스할 수 있었어요! 그리고 릴렉스 향수! 진짜 대박날 것 같아요!"

"저도 그렇게 생각합니다! 향수 향기도 그렇고 심신정화에도 효과도 좋은 듯하니 나중에 갤로리아에 입점하기만 하면 불티나게 팔릴 것 같습니다!"

민예리와 채현우가 릴렉스 향수를 높게 평가한 것이 석기의 기분이 더욱 좋아졌다.

"양재기 감독님! 오늘 촬영하시느라 수고 많으셨습니다! 광고 촬영도 일찍 끝났고 하니 제가 한턱 쏘겠습니다! 한우 어떠세요?"

"하하하! 한우 좋죠!"

"그럼 제작팀도 다 함께 한우 먹으로 갑시다!"

"와아아! 신 대표님 만세!"

석기가 한우를 쏜다는 말에 양재기는 엄지 척을 해 보였고, 제작팀 스태프들은 신이 나서 환호성을 마구 질러 댔다.

릴렉스 향수.

유토피아 두 번째 광고 촬영이 무사히 끝났다.

⊗

다음 날.

유승열이 석기를 찾아왔다.

비누 광고 편집이 끝난 것이다.

참고로 유승열도 유토피아 향수 광고를 스톰광고제작사에

의뢰한 것을 알고 있었지만 그것을 쿨하게 받아들였다. 그는 비누 광고만으로도 만족한다고 했다.

아무튼 광고 편집이 끝났으니 시사회가 필요했다.

"비누 광고 시사회는 유 과장님이 원하시는 대로 맞춰 드릴 생각입니다. 명품 호텔에서 대대적인 행사를 원하시면 그렇게 해 드리겠습니다."

유토피아의 첫 광고였다.

광고 시사회를 거창하게 해도 좋았다.

하지만 의외로 유승열의 바람은 소박했다.

"저는 유토피아와 홀리 직원들을 모아 놓고 간단하게 시사회를 갖는 것도 좋다고 생각합니다. 건방지게 보일지는 몰라도 거창한 광고 시사회를 하지 않더라도 비누 광고는 정말로 아주 잘 빠진 광고라고 자신할 수 있으니까요."

유승열의 자부심은 대단했다.

회귀 전에도 샘물 광고로 대박을 터트렸던 유승열이니 비누 광고도 기대가 되긴 했다.

"유 과장님 뜻이 그러하시다면 알겠습니다. 유토피아 행사 홀에서 우리끼리 간단하게 광고 시사회를 갖도록 하죠."

"제 의견을 수렴해 주셔서 감사합니다."

"그럼 광고 영상이 길지 않을 테니, 시사회 전에 다과 테이블을 마련해서 직원들끼리 차를 마시며 친목 도모를 하는 분위기로 가는 것도 좋겠군요."

대표실에 홍민아도 참석했다.

비누 광고 모델이자 유토피아 기획홍보팀 팀장이었기에 홍민아 의견을 참고할 필요가 있었다.

"홍 팀장님 생각은 어때요?"

"저도 찬성입니다. 어차피 광고가 매스컴에 선을 보이면 판단은 대중이 할 테니까요. 하지만 제품 홍보 차원에서 기자 한 명 정도는 부르는 것도 좋겠어요."

"그 문제는 홍 팀장님이 알아서 하세요."

"K연예매거진 기자를 시사회에 초대해도 괜찮을까요?"

"물론입니다. 홍 팀장님이 아시는 기자라면 우리 회사 제품을 우호적으로 써 줄 테니 잘되었네요."

기자 문제가 해결되자 유승열이 다시 대화에 끼어들었다.

"신 대표님! 이왕 말이 나온 김에 내일 오후에 광고 시사회 어때요?"

"그것도 좋죠. 시사회장을 따로 대여할 필요도 없으니 사람들만 모이게 하면 될 겁니다."

"커피는 신 대표님께서 책임지고 제공해 주시는 거겠죠?"

"하하하! 그렇게 하죠!"

옥상에 있던 자판기 커피의 매력에 흠뻑 빠진 유승열이 커피를 언급하자 석기가 환하게 웃었다.

홍민아와 유승열이 대표실에서 나갔다.

혼자 대표실에 남은 석기.

박창수를 부를까 하다가 핸드폰을 손에 들었다.

"아무래도 초대를 하는 편이 좋겠지."

석기가 몇 군데 연락을 돌렸다.

간단하게 비누 광고 시사회를 갖는다 해도, 그래도 유토피아 첫 광고 시사회였다. 유토피아 창립식에 참석했던 구 노인과 노인의 지인들을 초대할 생각이었다.

석기의 연락에 다들 참석하겠다고 수락했다.

⊗

다음 날 오후.

유토피아 행사 홀.

비누 광고 시사회를 위해 행사 홀 정면에 대형 스크린이 설치되고, 사람들이 앉을 좌석이 즐비하게 놓였다. 그리고 실내의 한 곳에 다과 테이블도 마련했다.

녹차와 믹스 커피.

차는 두 종류뿐이었지만 사용되는 물이 바로 성수라는 점이었다. 오늘은 특별히 1일짜리 성수를 제공했으니 맛이 아주 기똥찰 것이다.

유토피아와 홀리 직원들은 오늘은 오후 근무가 없이 광고 시사회로 대체하기로 했기에, 다과 테이블 주변에 모여서 차를 마시면서 즐겁게 친목을 도모하고 있었다.

"신 대표님! 축하드립니다!"

"드디어 유토피아 첫 광고가 완성되었군요!"

"조촐하니 분위기가 좋군요!"

석기가 초대한 이들도 참석했다.

구 노인을 비롯하여 땅 부자 나용한, 명동 큰손으로 알려진 정길한, 갤로리아 최대 주주이자 그곳의 이사 직함을 갖고 있던 서연정이 함께 시사회장에 도착했다.

참고로 나용한에게 저렴한 가격으로 땅을 대여한 곳에 짓고 있던 화장품과 샘물 공장은 모두 완성되었고, 다음 주부터 공장을 가동할 계획이었다.

그리고 양평의 야산에 건축하고 있던 연구실도 거의 완성 단계에 이르렀다.

이제 갤로리아 입점까지 한 달이 조금 못 되는 시간이 남았지만 제품 생산에 차질은 없을 거라 여겼다.

"감사합니다! 다들 도와주신 덕분입니다! 이따 광고 시사회가 끝나면 대표실에 잠시 들러 주세요. 여러분께 드릴 선물이 있거든요."

"선물이라면 그냥 갈 수 없지!"

"허허허! 그럼, 그럼!"

"저기 다과 테이블이 있구먼."

"이번에도 차 맛이 좋겠지?"

"물론입니다! 오늘은 특별히 신경 썼으니 더 맛있을 겁니다."

석기는 구 노인의 지인들과 웃으며 인사를 나눴다.

다들 유토피아에서 만든 비누에 많은 관심을 갖고 있었고, 광고 영상에 대해서도 마찬가지였다.

나중에 시사회가 끝나고 돌아갈 때 그들에게 연예인 비누와 릴렉스 향수를 선물로 줄 생각이었다. 석기에게는 매우 고마운 이들이었다. 박창수와 구민재가 그들을 다과 테이블로 안내했다.

"대표님!"

석기 곁으로 이번엔 홍민아가 다가왔다.

그녀 옆에 짧은 머리를 한 여자가 함께했다. 카메라를 메고 있는 것을 보니 기자인 모양이었는데, 홍민아에 비해선 나이가 있어 보였다.

"이쪽은 제가 말씀드렸던 K연예매거진에서 오신 분입니다. K연예매거진에서 저를 가장 아껴 주셨던 선배님이시거든요."

"아, 그러셨군요! 반갑습니다! 유토피아 대표 신석기입니다!"

"이소영이에요. 호호! 민아 얘기대로 정말 꽃미남이시네요. 우리 민아가 대표님을 엄청 존경하고 있다고 하더군요."

"왁! 소영 언니! 그런 얘길 대표님께 하면 어떡해!"

"하하하! 아닙니다. 좋게 봐주셔서 감사합니다. 저도 홍민아 팀장님을 엄청 존경하고 있거든요."

홍민아가 살짝 붉어진 얼굴로 이소영을 향해 눈을 흘겼다. 친분이 두터운 지 둘의 사이가 꽤 좋아 보였다. 석기와 인사가 끝난 두 사람도 다과 테이블로 향했다. 성수의 효과인지 다과 테이블 주변에 사람들로 북적였다. 차를 마시는 이들마다 모두 탄성을 흘리고 있었다.

광고 시사회보다 어째 다과 테이블에 정신이 팔린 사람들 분위기에 주객이 전도된 느낌도 없지 않았지만, 그래도 석기는 흐뭇했다. 그가 준비한 성수의 효과일 터였기에.

사실 광고 시사회는 금방 끝날 터였기에, 유토피아와 홀리 직원들이 이번 기회를 통해 친분을 도모하게 만들 요량으로 티타임을 오래 가질 계획이었다.

"소영 언니! 이거 마셔 봐."

"그거 믹스 커피 아냐?"

"한번 마셔 봐. 맛이 끝내주거든."

"얘는? 믹스 커피가 끝내줘 봤자 그 맛이 어디 가겠어?"

"호호! 이거 마셔 보면 그런 소리 쏙 들어갈걸."

"대체 어떤 맛이기에?"

이소영은 홍민아가 건넨 믹스 커피를 대수롭지 않다는 기색으로 받아 들고는 한 모금 맛보았다.

그런 그녀의 눈이 동그래졌다.

"와우! 커피 맛 끝내준다!"

“우리 대표님 특제 커피야! 여기 근무하면 이런 커피 매일 마실 수 있다. 물론 오늘은 맛이 좀 더 좋긴 하지만. 호호!”

“야! 직장 옮길 만도 하네!”

“당연하지! 언니 나 여기서 팀장이야! 그리고 광고 모델도 했고!”

“호호호! 우리 민아 출세했네!”

이소영이 웃으며 홍민아의 어깨를 토닥여 주었다.

아끼던 직장 후배가 갑자기 신생 업체인 유토피아로 직장을 옮긴다는 말에 걱정이 이만저만이 아니었는데 생각보다 잘 적응하고 있는 듯싶었기에 기분이 좋았다.

[쯧! 역시 신생 업체라 그런지 시사회장 수준이 확 떨어지는군. 근데 저놈이 유토피아 대표인가? 낯짝이 반반하니 여자 깨나 따르게 생겼군.]

다과 테이블을 웃으며 지켜보고 있던 석기를 빤히 주시하는 사내가 있었다.

사내의 속마음을 듣자, 훈훈했던 석기의 표정이 싸늘하게 변했다.

‘혹시 명성에서 보낸 자인가?’

유토피아 직원은 결코 아니었다.

그렇다고 홀리 직원도 아닌 듯싶었다.

하여간 불청객이 시사회에 참석했다.

[명성에서 돈을 받아먹었으니 안 좋게 기사를 써서 올려야겠

지. 근데 믹스 커피 맛이 얼마나 대단하기에 저리 난리들이지?]

사내는 오장환이 사주한 기자로 여겨졌다.

오늘 유토피아 비누 광고 시사회를 갖는다는 것이 오장환의 귀에 들어간 모양이었다.

그가 사람들이 모여 있는 다과 테이블로 움직이기 시작했다.

'저놈을 시사회장에서 쫓아내는 게 좋을 텐데. 뭔가 방법이 없을까?'

초대하지 않은 기자라는 이유로 시사회장까지 찾아온 그를 나가라고 쫓아냈다가는 더욱 안 좋은 기사를 써서 올릴 수도 있었다.

바로 그때였다.

[마스터! 저 인간을 혼내 줄 재미난 방법이 있습니다!]

블루였다.

오피스텔 안에서는 종종 블루와 대화를 나누곤 했지만, 밖에서는 가급적 대화를 자제하고 있었기에 웬만한 일에 한해선 블루가 나타날 일이 없었다.

'재미난 방법?'

[마스터의 의지 발현으로 평범한 물을 성수를 만들 수도 있지만, 반대로 만든 성수를 독으로 전환할 수도 있답니다.]

'성수를 독으로?'

[진짜 독은 인간을 사망에 이르게 할 수도 있으니, 그것보단 간단하게

저 인간이 마실 커피를 배탈을 일으키게 하는 물로 전환시킨다면 아주 재미있지 않겠습니까?]

'그걸 어떻게 전환하는 거지?'

[간단합니다. 마스터께서는 그저 저 인간이 배탈이 나는 장면을 상상하시면 됩니다.]

'그러면 정말 배탈이 나는 물로 전환이 된다고?'

[물론 마스터께 약간의 부작용이 나타날 수는 있지만 지금은 저 인간을 막는 것이 급하지 않습니까?]

'부작용? 어떤 식으로 난다는 거지?'

[복통을 경험하게 될 겁니다. 대신 저 인간처럼 설사는 하지 않겠지만 고통은 똑같이 느낄 겁니다.]

'고통을?'

[그래도 해 보시겠습니까?]

'까짓! 고통 정도라면.'

석기도 이건 뜻밖의 일이었다.

그동안 블루문의 주인이 되고 나서 평범한 물을 사람에게 도움이 되는 성수로 전환시키는 것만을 해 왔기에 말이다.

블루문.

블루 덕분에 숨겨진 또 다른 효능을 알게 되었다.

'한번 해 보자!'

지금으로선 불청객을 조용히 쫓아내는 것이 급선무였다.

상대를 배탈을 나게 만들어 스스로 시사회장에서 떠나게

만든다면 안 좋은 기사를 쓰지 못할 테니 말이다.

뚜벅뚜벅!

석기가 다과 테이블로 움직였다.

다행히 성수를 이용한 탓에 차를 마시려는 사람들이 많다 보니, 사내의 앞으로 사람들이 몇 명 기다리고 있었다.

사내의 순번이 다가왔다.

석기가 얼른 종이컵에 믹스 커피를 손수 타서 빙그레 웃는 얼굴로 사내에게 건넸다.

"홀리 직원 분은 아닌 듯싶은데, 혹시 기자님이십니까?"

"그, 그걸 어떻게……."

"초대하지 않았는데도 이렇게 우리 비누 광고 시사회장을 찾아와 주셔서 감사합니다. 이건 제 성의입니다. 여기 커피 맛이 아주 좋거든요."

"아아, 네에."

사내가 석기가 건넨 믹스 커피를 받았다.

종이컵에 담긴 믹스 커피.

'왕창 설사나 해라!'

다른 사람들이 마시는 커피와는 전혀 다른 커피가 되어 버린 셈이었지만, 사내는 그걸 알지 못했다.

'뭐, 뭐야? 보통 커피와 다를 것이 없잖아?'

사내가 못마땅한 표정을 지었다.

기대했던 것과는 달리 맛이 없다.

성수가 제거된 상태였으니 흔한 믹스 커피의 맛으로 느껴졌던 탓이다.

하지만 그렇게 믹스 커피를 다 마신 사내.

그의 표정이 흉하게 일그러지기 시작했다.

후다다닥!

마침 광고 시사회를 시작한다는 사회자의 멘트에도 사내는 화장실을 쫓아가느라 여념이 없었다.

그리고 석기 역시 복통을 느꼈다.

하지만 속으로 쾌재를 부르고 있었다.

오장환이 사주한 기자를 시사회장에서 쫓아냈다.

핸드폰이 울렸다

우와아아아!

짝짝짝짝짝!

비누 광고 시사회가 끝났다.

사람들 모두가 기립 박수를 보냈다.

홍민아의 비포 앤 애프터의 비누 후기 사진.

포토 존에서 촬영한 매력적인 홍민아 모습.

그 두 가지가 광고 분위기를 대박으로 이끌었다.

유토피아 비누를 사용하게 된다면 연예인처럼 멋지게 달라질 것이라는 희망적인 메시지가 담긴 광고였다.

"신 대표님! 제가 이제까지 참석했던 광고 시사회 중에서 유토피아 비누 광고가 최고로 멋졌습니다! 시사회 후기는 제가 책임지고 근사하게 써 줄 테니 걱정 마세요!"

"감사합니다, 이 기자님!"

K연예매거진 이소영 기자는 광고 시사회가 끝나자 홍민아가 그렇게 멋지게 나올 줄은 미처 몰랐다면서 흥분해서 난리도 아니었다. 그녀의 반응으로 보아 비누 광고 시사회 후기가 기대가 되었다.

잠시 후, 이소영을 보내고 대표실로 자리를 옮겼다.

구 노인과 지인들에게 챙겨 줄 것도 있고, 광고를 만든 유승열과 나눌 얘기도 있었기에 말이다.

성공적인 시사회 분위기에 아직도 들뜬 기색이 역력한 구 노인이 소파에 앉자 빙그레 웃으며 석기를 쳐다봤다.

"선생님! SB방송국 광고팀에 아는 사람이 있으니 그곳에 부탁해서 좋은 시간대에 유토피아 비누 광고를 편성하도록 해 보겠습니다."

"그렇게 해 주신다면 저야 너무 감사하죠."

"이왕 부탁하는 거 가급적 이번 주말부터 비누 광고가 매스컴에 선을 보이도록 약조를 받아 내겠습니다."

"너무 무리하지 마세요."

구 노인은 아들 구민재가 개발한 비누가 드디어 세상에 빛을 보게 된 것에 적극적으로 나섰다.

유승열도 마찬가지였다.

시사회가 끝나고 사람들에게 기립 박수를 받은 것에 그의

기분은 최상의 상태로 보였다. 구 노인에게 자극을 받았는지 유승열도 은밀한 표정으로 석기를 향해 말했다.

"신 대표님! KJ케이블에도 이번 주말부터 유토피아 비누 광고가 편성될 겁니다."

"유 과장님께서 그쪽에 인맥이 있으신 모양이군요."

"드라마국에 근무하는 친구 녀석이 있습니다. 나중에 혹시 엔터계 사업을 하신다면 말씀해 주세요. 제가 팍팍 밀어드릴 테니까요."

"하하! 말씀만으로도 감사합니다. 아직은 계획에는 없지만 혹시 나중에 엔터 사업도 손을 댄다면 그때 부탁드리도록 할게요."

"그러세요. 그것 보면 우리 신 대표님 은근히 욕심이 많단 말이죠? 하긴 엔터 사업을 하셔도 왠지 잘하실 것 같긴 하지만요."

회귀 전에 석기가 주관한 사업이 화장품, 샘물, 엔터 사업이었지만 이번 생에선 아직은 엔터 쪽은 손을 대지 않고 있는 상황이었다.

하지만 사람의 일은 모르는 법이었기에 훗날을 도모하여 좋게 운을 떼어 놓았다.

갤로리아 최대 주주 서연정도 웃으며 나섰다.

"신 대표님! 이제 한 달도 채 남지 않았네요. 저희 갤로리아에 입점하게 되면 제가 일착으로 유토피아 비누를 사드릴

게요. 호호!"

"오늘 시사회를 참석해 주셔서 영광이었습니다, 서 여사님! 그리고 이건 이번에 저희 유토피아에서 비누 다음으로 개발한 릴렉스 향수입니다."

석기가 포장한 박스를 서연정에게 내밀었다.

"혹시 민예리 배우가 찍은 향수인가요?"

"맞습니다. 여사님 취향에도 잘 맞으실 겁니다."

"호호! 어떤 향수일지 기대 되네요. 가격은 비누보다 단가가 세겠죠?"

"그렇게 책정될 겁니다. 참고로 릴렉스 향수도 연예인 비누처럼 1호부터 3호 버전까지 출시될 것이며, 가격대 역시 차이가 있을 겁니다."

"그걸 보면 우리 신 대표님 사업 수단이 정말 보통이 아니네요. 명성의 오장환 회장이 견제를 하는 것이 모두 이유가 있어요, 호호!"

서연정 말에 석기가 씁쓸히 웃었다.

오장환이 오늘 비누 광고 시사회에 기자를 몰래 보낸 상황이었지만 그걸 사람들에게는 밝히지 않았다. 물론 기자는 설사를 하느라 시사회를 보지 못하고 돌아갔을 것이니 오장환의 사주가 헛수고가 된 셈이기도 했다.

기자가 마실 믹스 커피.

그걸 설사약으로 전환시켜 기자를 혼내 주었지만, 부작용으로 석기에게 복통이 찾아왔다. 사주받은 기자가 겪은 복통에 비해선 절반 정도의 고통이라 보면 되었다. 그나마 다행히 설사는 하지 않았기에 시사회장을 떠날 일은 없었다.

성수로 사람들에게 해를 가하는 일을 할 시엔 석기에게 부작용이 따른다는 점에 함부로 사용할 것은 못되었지만 그래도 좋게 생각하자면 비기를 얻은 셈이기도 했다.

⚙

명성기업 회장실.

오장환은 사주한 기자가 유토피아 비누 광고 시사회장을 찾아갔지만 시사회는 구경도 못하고 설사만 진탕하다가 돌아왔다는 차 이사의 보고에 화가 머리끝까지 치밀었다.

"대체 그런 덜떨어진 놈을 왜 사주한 거야! 일을 제대로 못했으니 그놈에게 연락해서 받은 돈을 모두 토해 내라고 해!"

"그건 좀 어려울 거 같습니다. 기자에게 돈을 토해 내라고 했다가 억하심정에 저희가 사주한 것을 유토피아에 알려도 골치가 아플 겁니다. 거액도 아니니 이번 일은 그냥 넘어가시는 것이 좋겠습니다."

차 이사의 말에 오장환은 이를 빠득 갈아 댔다.

요즘 들어서 어째 하는 일들이 죄다 마음에 들지 않았다.

돈은 돈대로 깨지고 있고, 성과는 하나도 거두지 못하고 있었으니 말이다.

"스킨 커버 신제품 광고 촬영이 오늘 끝난다고 했던가?"

"네! 그렇다고 들었습니다."

"촬영 끝나는 대로 빨리 편집해서 매스컴에 보내도록 해!"

"그럼 광고 시사회는 생략하실 겁니까?"

"지금 유토피아 비누 광고가 곧 매스컴에 나올 텐데 광고 시사회를 가질 시간이 어디 있어! 그놈들 광고가 매스컴에 나오는 걸 손가락만 빨고 볼 생각인가?"

"아, 아닙니다! 당장 제작사에 연락하겠습니다!"

"그게 좋을 거야! 돈이 얼마가 들어가도 좋으니 이번 주에 명성 신제품 광고를 꼭 매스컴에 나오게 만들어!"

"유념하겠습니다, 회장님!"

"향수 광고는 몰라도 비누 광고는……. 절대 유토피아는 우리 상대가 되지 못할 거야!"

"맞습니다. 민예리와 스톰광고제작사로 우리 신제품 광고를 찍지 못한 점은 유감스럽지만, 그래도 하루 만에 만들어진 유토피아 비누 광고보다는 우리 신제품 광고가 훨씬 우세일 겁니다."

"그러니 유토피아가 갤로리아 입점하기 전에 버러지 같은 놈에게 광고로 뜨거운 맛을 보여 주자고!"

"좋은 생각이십니다! 광고로 유토피아 콧대를 단단히 눌러 준다면 나중에 갤로리아에 입점한다 해도 기가 팍 죽을 겁니다.”

오장환과 차 이사는 유토피아의 비누 광고를 아주 우습게 여겼다. 사주한 기자가 유토피아 비누 광고 시사회를 구경했더라면 이런 오만은 떨지 못했을 테지만. 안타깝게도 사주한 기자는 시사회 내내 설사를 하느라 진이 빠져 시사회를 구경하지 못한 것이다. 전원 기립박수를 받을 정도로 매력적인 광고 영상이었건만 그걸 이들은 알지 못했다.

“참, 그쪽 비누 광고 시사회 후기가 올라왔겠군. 적어도 기자 한 명 정도는 참석했을 테니. 뭐라고 올라왔나 한번 읽어 봐.”

“네! 그러겠습니다!”

밖으로 나가려던 차 이사는 오장환의 지시에 핸드폰을 들고 시사회 후기를 검색했다.

K연예매거진 이소영 기자.

그녀가 올린 광고 시사회 후기를 발견한 차 이사가 오장환을 위해 기사를 천천히 읽기 시작했다.

오늘 유토피아 비누 광고 시사회가 있었다. 한때 인터넷에 누군가 올린 유토피아 비누 사용 후기 사진을 놓고 네티즌들의 의견이 분분했던 적이 있었다.

그런데 놀랍게도 오늘 광고 시사회에 등장한 모델이 바로 비누 후기 사진을 올린 인물이란 점이었다. 광고 모델 홍○○씨는 그동안 고질적인 피부 트러블로 고생이 심했는데 유토피아 비누를 사용하고 하루 만에 피부가 아름답게 변했다고 했다. 그런 점에서 홍○○씨가 인터넷에 올렸던 비누 후기 사진은 실화로 밝혀졌다.

유토피아에선 조만간 세간에 출시될 비누 이름을 〈연예인〉으로 정했는데, 비누를 사용하면 연예인처럼 아름답게 변한다는 의미로 비누 명칭을 그리 정했다고 했다. 결론적으로 유토피아 비누 광고에 별 다섯 개를 주고 싶을 정도로 상당히 매력적인 광고라고 생각한다.

-K연예매거진 이소영 기자-

이소영의 시사회 후기 낭독이 끝나자 차 이사가 오장환을 눈치 보듯이 쳐다봤다. 하급 광고로 욕했던 상황이다. 그랬기에 시사회 후기가 예상과 다른 것에 얼굴이 붉어진 오장환은 괜히 후기를 올린 기자를 성토했다.

"비누 광고에 별 다섯 개? 기자가 미쳤군, 미쳤어!"

"그, 그러게 말입니다. K연예매거진이라면 비누 광고 모델을 했던 홍민아가 전에 다녔던 곳입니다. 이건 짜고 치는 고스톱이라고 보시면 될 겁니다."

"시사회 후기를 올린 미친년이 K연예매거진 기자라고? 유토피아에서 그 기자에게 돈을 주고 기사를 좋게 써 달라고 했던 모양이군."

"회장님! 유토피아 시사회 후기는 좋게 나왔을지 몰라도, 양쪽 광고가 매스컴에 노출되면 어느 광고가 우세한지 대중도 바보가 아닌 이상은 모두 알게 될 겁니다."

"빌어먹을! 사주한 기자 놈이 설사만 아니었더라도 반박할 시사회 후기를 올려 K연예매거진 기자의 콧대를 납작하게 눌러 주었을 텐데. 왜 하필 설사병이 생겨선. 쯧!"

※

건물 옥상 위.

석기와 박창수가 믹스 커피를 마시며 얘기를 나누고 있다.

"명성 신제품 스킨 커버 광고. 벌써 편집까지 모두 끝났다던데."

"뭐가 그리 빨라? 혹시 우리 광고랑 경쟁하려고 서두른 건가?"

"그런가 봐. 그쪽 하 대리 말로는 광고 시사회도 생략하고 그대로 매스컴에 보낼 생각이라고 하던데."

"그렇게 급하게 서두르다가 탈이 날 수도 있을 텐데."

"그러면 우리야 좋지 않나?"

"맞아. 하여간 오장환이 몸이 닳은 모양이야. 이소영 기자님이 쓴 비누 광고 시사회 후기가 좋게 올라온 것에 대중이 우리 비누 제품에 관심을 보이니 아주 배가 아팠던 모양이지."

"이제 내일이면 광고가 뜨겠네?"

"그래, 이제 내일이다."

릴렉스 향수는 아직 편집 중이다.

유토피아에선 제1탄으로 연예인 비누 광고를 이번 주에 먼저 매스컴에 선을 보이고, 향수 광고는 갤로리아 입점 일주일을 남기고 제2탄으로 매스컴에 노출시킬 의도였다.

※

다음 날 저녁.

재미있게도 SB방송 같은 시간대에 유토피아와 명성의 광고가 함께 선을 보이게 되었다.

명성 광고가 먼저 노출되었고, 뒤로 유토피아 광고가 노출되었다. 급조하듯이 다급히 만든 명성의 신제품 스킨 커버 광고였지만 그럭저럭 중간은 갔다.

반면 유토피아 비누 광고.

연예인을 꿈꿨한 당신!

이젠 당신이 연예인!

놀랍게도 반응이 장난이 아니었다.

매스컴에 노출되자마자 연예인 비누 광고가 금방 세간의

화제가 되었다.

—진짜 대박이지 않냐?

—연예인 비누 사고 싶다!

—연예인 비누 어디서 구입하죠?

—비누 후기 사진 역시 실화였다!

—홍○○ 씨 넘넘 여신처럼 아름답다!

—연예인 비누 사용하면 연예인 될 수 있을까요?

—피부는 확실하게 잡아 주는 모양!

—피부가 예뻐야 미인이라던데~

—연예인 비누 가격대 아는 사람?

—용돈 모아 연예인 비누 사야지!

—나도 연예인을 겟할 거다!

광고 효과로 실검도 난리가 아니었다.

온통 유토피아의 〈연예인〉 비누에 관한 내용이 도배가 되다시피 했다.

1위 : 연예인 비누

2위 : 유토피아 비누

3위 : 홍민아

4위 : 비누 후기 실화

……

10위 : 비누 가격

명성 신제품 스킨 커버도 매스컴에 광고가 보도 되었지만 안타깝게도 그것에 관해선 별다른 화제를 끌지 못했다.

대중이 온통 유토피아에서 만든 〈연예인〉 비누에 관심이 쏠린 탓이다.

유토피아는 축제 분위기였다.

석기가 유토피아를 설립하고 나서 처음으로 만든 제품이 바로 비누였는데, 첫 광고로 제작한 비누 광고가 대박을 터트린 것이다.

여기저기서 걸려온 축하인사에 석기의 핸드폰은 불이 나고 있었고, 덩달아 그의 기분은 날아갈 것만 같았다.

"창수야! 회사 옥상에 올라가자!"

"콜!"

석기는 박창수를 데리고 회사 건물 옥상으로 나왔다.

바로 코앞이 회사였다.

비누 광고가 크게 대박을 터트린 것에 마음이 들떠서 방 안에 가만히 틀어박혀 있을 수가 없었다.

주말이었기에 회사는 텅 빈 상태.

건물 옥상으로 올라온 두 사람은 자판기에서 믹스 커피를 뽑아 들고는 서로의 얼굴을 쳐다보며 환하게 웃었다.

"하하하! 석기야! 정말 기분 좋다! 사람들이 모두 우리 비누 광고 얘기만 하고 있어! 실검도 1위부터 10위까지가 연예인 비누에 관한 내용들뿐이라니까."

"그래! 나도 정말 기분 좋다!"

비누 광고가 대박을 터트릴 것을 예상은 하고 있었지만 막상 대중의 뜨거운 반응을 보자 가슴이 벅차올랐다.

이제 첫 단추를 끼운 셈이었지만 성수를 이용한 사업은 앞으로 크게 성공할 것이다.

성수가 들어간 연예인 비누.

성수가 들어간 릴렉스 향수.

유토피아에서 생산될 제품이 비록 두 가지에 불과했지만 명성화장품의 여러 화장품에 비해서 더욱 가치가 있을 테니 말이다.

"명성을 때려치우고 유토피아로 오기를 정말 잘했어! 자! 우리 신석기 대표님! 앞으로 쭉쭉 꽃길만 걸어가세요!"

"하하하! 이럴 줄 알았으면 기분 제대로 낼 수 있게 캔 맥주를 사 오는 건데 그랬지."

"캔 맥주? 그거 좋지! 그럼 내가 편의점에서 캔 맥주 사 올 테니 석기 너는 여기서 기다리고 있어."

"아냐, 함께 내려가지, 뭐."

"그럼 나야 좋지."

그때였다.

옥상에 다른 사람이 올라왔다.

입구에 세워진 가로등에 사내의 얼굴이 드러났다.

아는 인물이었다.

"어? 유 과장님 아냐?"

"주말인데 옥상에는 왜 올라오신 거지?"

홀리광고제작사의 유승열.

그가 양손에 쇼핑 봉투를 들고 석기와 박창수가 있는 곳으로 성큼성큼 걸어오고 있었다. 유승열은 옥상에서 둘을 발견하자 그럴 줄 알았다는 기색으로 빙그레 웃으며 말했다.

"여기에 계실 줄 알았습니다!"

"어서 오세요, 유 과장님! 비누 광고 때문에 너무 기분이 좋아서 오피스텔에 들어앉아 있을 수가 없어서 여기로 나왔습니다!"

"하하하! 저도 마찬가지입니다! 자! 캔 맥주를 푸짐하게 사 왔으니 이걸로 다 함께 건배나 하죠!"

"오오! 잘되었네요. 안 그래도 캔 맥주를 사러 편의점에 내려가려던 참이었거든요."

"그렇담 제가 딱 맞춰 왔군요!"

그런데 세 사람이 술 마실 준비를 하는데 누군가 또 옥상에 올라왔다.

이번엔 여자였다.

검은색 후드티에 야구 모자를 눌러 쓴 여자.

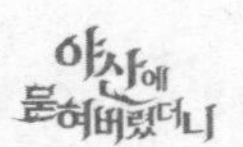

양손에는 치킨 박스처럼 보이는 물건이 들려 있다.

"허어!"

"홍 팀장님까지?"

비누 광고 모델 홍민아.

그녀도 옥상을 찾아왔다.

석기를 향해 그녀가 웃으며 인사했다.

"안녕하세요, 대표님! 저만 빼놓고 여기서 뭐하세요?"

"어서 오세요, 홍 팀장님! 근데 손에 들고 계신 건?"

"맥주 안주는 치킨이죠! 안 그래요? 호호!"

"맞습니다! 하하하!"

"오오! 이거 돗자리만 있으면 딱 이겠는데요?"

그때 옥상 입구 쪽에서 거친 숨소리가 들렸다.

바로 구민재였다.

그도 마음이 들떠서 가만있지를 못했다. 해서 양평에서 청담동까지 택시를 타고 쏜살같이 달려왔는데 이렇게 아는 얼굴들이 옥상에 먼저 와서 진을 치고 있는 것이다.

"돗자리는 제가 챙겼습니다!"

"허어! 구민재 씨!"

"너무 기분이 좋아서 도저히 집에 있을 수가 없었거든요!"

"잘되었네요. 안 그래도 구민재 씨가 빠져서 마음에 걸렸는데."

"그럴 줄 알고 택시 타고 불나게 왔다 아닙니까?"

"자, 자! 그럼 우리 돗자리 깔고 제대로 자리 잡죠!"

"그게 좋겠습니다!"

즉흥적으로 파티가 벌어졌다.

건물 옥상 바닥에 돗자리를 깔고 캔 맥주와 치킨과 마른안주를 늘어놓고는 모두가 빙 둘러 앉았다.

석기는 유승열이 사 온 캔 맥주를 모두에게 돌리며 빙그레 웃었다.

"유토피아의 첫 광고가 알다시피 대박을 터트렸습니다! 광고를 찍어 주신 유 과장님! 비누 모델이 되어 주신 홍 팀장님! 그리고 연예인 비누를 개발해 주신 구민재 씨와 유토피아 사업을 위해 열과 성을 다하고 있는 박 부장님! 모두 여러분 덕분입니다! 정말 감사합니다! 연예인 비누가 앞으로 계속해서 승승장구하기를 기원하는 의미로 건배 한번 합시다! 연예인을 위하여!"

"위하여!"

다들 캔 맥주를 들고 연예인 비누의 성공을 기원했다. 갑자기 급조된 옥상에서의 즉흥 파티였지만 모두가 즐거운 기색이었다.

석기가 하늘을 올려다봤다.

기분 탓인지 하늘에 떠 있는 별도 오늘따라 더욱 보석처럼 아름답게 반짝거렸다.

이 자리에 함께 있지는 못하지만 석기 사업에 일등공신인 블루에게 속마음을 전했다.

'블루! 고맙다. 성수가 아니었으면 야산에 파묻혔던 내가 다시 회귀를 할 일도 없었을 것이고, 이런 일은 꿈도 꾸지 못했을 거야.'

[천만의 말씀입니다. 저도 마스터처럼 마음에 드는 인간을 만난 것을 기쁘게 생각합니다.]

석기는 하늘의 별을 보며 웃었다.

천운그룹 회장의 자제였던 석기.

부모에게 버림을 받은 것으로 알고 있었는데 그것이 아니었다. 누구보다 석기를 사랑해 준 부모가 있었고, 심지어 어린 아들에게 넘겨준 블루문으로 인해 죽었던 그가 다시 살아날 수 있었다.

그리고 지금은 이렇게 좋은 사람들과 함께하고 있었다.

"캬! 오늘따라 맥주 맛이 죽인다!"

"이제까지 마셔 본 캔 맥주 중에서 최고로 좋네요!"

석기가 피식 웃었다.

캔 맥주를 사람들에게 건넬 때마다 의지 발현으로 성수의 위력을 가동시킨 탓이다. 석기의 손에 닿기만 하면 세상의 모든 물을 성수로 만들 수 있었다. 그런 영향으로 지금 사람들이 마시고 있는 캔 맥주의 맛은 두말할 필요 없이 아주 좋았다. 게다가 나중에 숙취도 없어 몸에 무리도 가지 않을 터였다.

"대표님! 사람들이 연예인 비누를 구입하고 싶어서 난리에요. 나중에 갤로리아에 입점하게 되면 그때 백화점이 미어터질지도 몰라요."

비누 광고 모델이었던 홍민아는 지금 핸드폰을 꺼 놓은 상태였다. 여기저기서 너무 전화가 많이 걸려 온 탓이다. 그녀의 말에 유승열이 웃으며 대꾸를 흘렸다.

"하하하! 이러다가 유토피아에서 세상의 모든 돈을 갈퀴로 쓸어 담게 되는 것은 아닐지 싶네요."

박창수가 어깨에 힘을 주었다.

"당연히 그렇게 될 겁니다! 연예인 비누 다음으로 2탄으로 준비한 릴렉스 향수도 곧 있으면 매스컴에 선을 보일 겁니다! 그것까지 대박이 터진다면 진짜 우리 유토피아 매출은 끝내줄 겁니다!"

구민재가 석기를 쳐다봤다.

"대표님! 오늘 명성화장품도 신제품 스킨 커버 광고가 나온 것으로 알고 있습니다. 근데 대중이 죄다 연예인 비누 광고만 관심을 보이고 있으니 지금 그쪽 분위기 완전 초상집이겠죠?"

석기의 눈빛이 반짝였다.

"그럴 거라 생각합니다. 하지만 오장환 회장의 성격상 광고 경쟁에서 밀린 것에 우리를 공격할 뭔가의 방법을 생각해낼 것이니 그것에 대한 대비도 필요할 겁니다."

옥상에 모인 이들 중에서 오장환을 가장 잘 알고 있는 석기였다. 유토피아 비누가 대중에 뜨거운 관심을 받고 있는 것에 오장환은 필시 제동을 걸려고 발악할 것이라 여겼다.

❈

명성기업 회의실.

주말임에도 오장환이 간부들을 죄다 소집했다.

신제품 스킨 커버 광고.

매스컴에 광고 영상이 노출되었음에도 대중의 반응이 썰렁했던 탓이다. 이유는 바로 유토피아의 연예인 비누 광고 때문이었다.

"지금부터 2시간을 주지! 우리 명성의 신제품 스킨 커버 광고가 유토피아 비누 광고보다 대중에 매력적으로 어필이 될 수 있는 방안을 찾아내! 그걸 찾아내지 못하면 모두 시말서감이야!"

오장환은 회의실에서 간부들에게 살벌하게 으름장을 놓고는, 차 이사만 데리고 회장실로 이동했다.

"빌어먹을!"

씩씩거리며 소파에 앉은 오장환.

그도 유토피아 비누 광고를 봤다.

하루 만에 찍은 광고였고, 하류 광고제작사에서 연예인도 아닌 모델을 데리고 찍은 광고였기에 우습게 여겼다.

그랬는데 막상 뚜껑을 열고 보니 명성 광고보다 훨씬 좋았다. 특히 광고 막판에 비춘 홍민아는 톱급 연예인이라고 해도 무방할 정도로 매력이 철철 넘쳐흘렀다.

그것에 비해 명성의 신제품 광고는 한마디로 생기가 없었다. 플라스틱 인형과도 같은 느낌을 풍겼다.

"차 이사! 자네는 대중이 유토피아 비누 광고에 관심을 갖는 정확한 이유가 뭐라고 생각하나?"

"인터넷에 올라온 비누 후기가 실화라는 것 때문이 아닐까 싶습니다."

"비누 후기가 실화라?"

오장환의 미간이 찌푸려졌다.

방금 간부들에게 으름장을 놓기는 했지만 신제품 스킨 커버 광고 영상은 절대 유토피아 비누 광고를 압도하지 못할 것이다.

"광고 효과는 곧바로 매출과 직결이 된다는 것이 문제야. 그렇다면 신제품 매출을 올리기 위해서 우리가 사용할 방법은 이제 두 가지밖에 없겠군. 하나는 유토피아 비누 후기 실화를 허위로 돌리는 것. 그리고 나머지는 전에도 말했다시피 신제품 스킨 커버의 가격대를 입이 떡 벌어질 고액으로 책정하여 대중의 관심을 끄는 것."

"두 번째 방안에 대해선 저도 찬성하는 바이지만 첫 번째 유토피아 비누 후기를 허위로 돌리는 것은 쉽지 않을 겁니다. 게다가 유토피아에선 갤로리아에 입점하기까지는 비누 제품을 판매하지 않을 테니 비누를 구매하기가 어렵다는 점도 있고요. 그렇게 되면 시기가 너무 늦지 않겠습니까?"

"비누를 구매하기 어렵다면 다른 방법을 써야겠지."

차 이사가 의아히 오장환을 쳐다봤다.

얼굴 피부에 문제가 심각했던 오장환의 딸 오세라도 유토피아 비누를 얻지 못할 정도로 그곳의 비누를 얻는 것이 여간 어려운 일이 아니었다. 특별히 지인들에게만 비누를 선물로 줄 뿐, 갤로리아 입점 시기까지 철저하게 비누를 비공개로 하고 있는 상황이었다.

"가짜 비누를 만들면 되네. 비누 만드는 거야 어렵지 않을 테니 대충 비슷하게 흉내를 내면 될 테고. 그걸 가지고 사주한 인물로 비누를 사용하는 장면을 동영상으로 찍어 넵튜에 올려 버리면 끝날 걸세."

"가짜 비누이니 효과를 전혀 보지 못하겠네요."

"그거야 당연하지. 대중은 그저 동영상을 보게 되면 유토피아 비누가 허위라고 여기게 될 거야. 사주한 인물은 동영상을 찍고 나서 해외로 보내 버리면 감쪽같을 걸세. 설령 유토피아에서 우리를 걸고넘어진다고 해도 오리발을 내밀면 되네."

차 이사는 오장환의 술수에 속으로 크게 감탄했다. 안 좋은 쪽으로 머리를 굴리는 일은 그야말로 천재라는 생각이 들었다.

"그러니 자네는 지금 당장 동영상을 찍을 모델을 구해 봐. 가급적 얼굴 피부가 아주 흉한 모델이 제격이겠지. 그래야 비누 효과를 보지 못한 것에 대중이 더욱 광분할 테니까."

"아, 알겠습니다."

오장환은 자신의 계획이 아주 마음에 드는지 흡족한 표정이었다. 유토피아 비누 광고가 잘나가는 꼴을 보고 있을 수 없었다. 그랬기에 대중이 유토피아 비누에 혹하고 있는 점을 허위로 만들어 버리면 열기는 금방 식을 것이라 여겼다.

"버러지 같은 놈이 승승장구하는 꼴을 절대 두고 볼 수 없지!"

※

명성화장품 공장.

그곳의 여직원 권진아.

그녀는 화장실 거울에 비친 자신의 얼굴을 바라보며 한숨을 푹푹 내쉬었다.

'얼굴 피부만 좋다면 나도 자신 있게 남자랑 연애란 것도 해 보고 그럴 텐데.'

권진아의 얼굴은 전반적으로 붉은빛이 감돌았다. 여드름

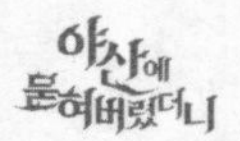

흉터 때문이었다. 화장으로 흉터를 숨기면 다음 날 더욱 심하게 악화되어 이제는 화장 하는 것도 겁이 났다.

23살이면 한창 멋을 부릴 나이였지만, 그건 그녀에게 통용되지 않는 남들의 얘기와도 같았다.

'나도 연예인 비누를 사용하면 얼굴 피부가 좋아질 수 있을까?'

어제 유토피아 비누 광고를 봤다.

광고 모델로 인하여 비누 후기가 실화하는 것이 밝혀지자 연예인 비누에 기대를 갖게 되었다.

하지만 문제는 아직 연예인 비누가 세간에 출시가 되지 않은 상태라는 점이었다.

'만일 연예인 비누가 판매된다면 월차를 내서라도 그 비누를 꼭 사고 말 거야!'

그녀가 일하는 직장이 비록 유토피아와 라이벌 관계인 명성화장품 공장이었지만 그녀는 속으로 빨리 연예인 비누가 판매되기를 손꼽아 기다리고 있었다.

사실 그녀만이 아니라 다른 여직원들도 마찬가지였다. 그녀 보다 피부가 좋은 여직원들인데도 다들 연예인 비누 광고를 보고 나서 아주 난리도 아니었으니 말이다.

"권진아 씨 맞죠!"

"네에?"

화장실에서 나온 권진아의 앞으로 명성화장품 공장에서

가장 잘생긴 얼굴로 알려진 남자 직원이 웃으며 다가왔다.

"갈 곳이 있으니 따라오세요."

"네에?"

"뭐 해요? 얼른 따라오지 않고."

"아, 네에."

남자 직원을 뒤따르는 권진아의 얼굴이 붉게 변했다. 안 그래도 여드름 흉터로 붉으죽죽한 그녀의 낯빛이 마치 낮술이라도 마신 것처럼 활활 타오르고 있었다.

평소 사모하는 남자 직원이 그녀에게 말을 건 것에 심장이 마구 두근거렸다.

"권진아 씨를 데려왔습니다."

"수고했어. 그만 가 보게."

하지만 남자 직원을 따라 도착한 곳은 바로 공장장 사무실이었고, 그는 그녀를 누군가에게 인계하고는 얼른 밖으로 나가 버렸다.

그로 인하여 권진아 얼굴이 더욱 홍시처럼 붉어지고 말았다. 남자 직원은 애당초 그녀에게 관심 하나도 갖고 있지 않은 것임을, 그저 누군가 불러서 그녀를 이곳으로 데려온 것이 전부인데 그녀 혼자 잠시 온갖 상상을 했으니 말이다.

"그쪽으로 앉아요."

"네에."

그런데 사무실 안에는 공장장은 없고 처음 보는 낯선 중년 사내만 덩그러니 있었다. 사내가 그녀의 얼굴을 확인하듯이 살펴보더니 이내 흡족한 미소를 지었다.

"딱 좋네요."

"네에?"

"모델로 삼기에 딱 좋다고요."

"모델로……요?"

"네! 저희가 찾던 모델에 딱 부합하는 인물입니다!"

사내는 바로 차 이사였다.

오장환의 지시를 이행하기 위해서 얼굴 피부가 흉한 데다가 뒤탈이 염려가 없는 인물을 찾게 되었는데, 마침 명성화장품 공장에 그런 여직원이 있다는 정보를 입수하자 곧장 이곳으로 부리나케 달려온 것이다.

"지금부터 제가 권진아 씨에게 할 얘기가 있습니다. 어려운 일은 절대 아닙니다. 저희 일에 협조를 잘해 주신다면 권진아 씨의 인생은 지금보다는 확실히 나아질 것을 보장합니다. 그리고 일이 끝나면 해외여행도 할 수 있도록 충분한 지원도 해 줄 거고요."

"그, 그게 무슨 말이죠?"

권진아가 당황한 기색으로 차 이사를 쳐다봤다.

대뜸 사람을 공장장 사무실로 불러들여선 이상한 얘기를 꺼내니 그녀로선 납득 불가였다.

차 이사가 야비하게 웃으며 말했다.

"명성을 위해서 권진아 씨가 해 줄 일이 있어요."

"무슨…… 일인데요?"

"비누로 세안하는 장면을 동영상으로 찍을 겁니다. 권진아 씨는 모델 역할만 해 주시면 됩니다."

"비누로 세안하는 장면을 동영상으로 찍는다고요?"

"네! 그렇습니다."

"왜 그런 장면을 찍는 건데요?"

"명성을 위해서입니다. 권진아 씨는 명성화장품 공장에서 일을 하시고 계시니 명성 직원이지 않습니까?"

"그야…… 그렇지만……."

"저희가 시키는 대로 비누로 세안만 하시면, 돈도 벌고 외국 여행도 편안하게 하실 수 있습니다. 외람된 말이지만 이거 다른 여직원들에게 알리면 서로 한다고 난리일 겁니다. 하지만 저는 권진아 씨가 딱 마음에 듭니다. 그럼 이만 자리를 옮기도록 하죠."

"네에?"

"오늘 중으로 촬영을 해서 넙튜에 올려야 할 테니 시간이 없어요. 어서 일어나세요. 사실 이건 명성 회장님의 특별 지시입니다."

"회장님의 특별 지시요?"

"네! 이건 겁주려는 것은 아니지만, 만일 제안을 거부한다면 권진아 씨 직장 생활에 지장을 초래할 수 있을지도 모릅니다. 그러니 기회가 왔을 때 잡으세요. 비누로 세안하는 장면 좀 찍고서 돈도 벌고 외국에 나갈 기회가 생겼으니까요."

권진아는 얼떨떨했지만 제안을 거부하면 직장에서 잘릴지도 모른다는 것에 그만 차 이사를 따라서 움직이게 되었다.

❈

서울 외곽의 건물 지하.

그곳으로 권진아를 데려온 차 이사.

대기하고 있던 촬영기사에게 그녀를 인계했다.

욕실로 꾸며진 안에는 촬영기사만 있을 뿐이었다.

"세면대에 비누가 있을 겁니다. 그 비누로 세안하는 장면을 찍을 테니 긴장할 필요 없어요. 촬영하는 동안에는 말을 할 필요가 없으니 그냥 세안만 하면 됩니다. 나중에 알아서 자막으로 처리될 테니 말이죠. 그럼 탈의실에서 작업복을 갈아입고 나오세요."

권진아가 자신이 입고 있던 의상을 쳐다봤다. 차 이사를 급히 따라 나오느라 사복을 갈아입지 못해서 명성화장품 공장의 로고가 찍힌 작업복을 걸친 그녀의 상태였다

유토피아 비누 후기를 허위로 만들 작정으로 이 일을 하고 있는 상황이었기에, 명성의 로고가 카메라에 찍힌다면 큰 문제가 될 테니 의상을 갈아입도록 한 것이다.

잠시 후.

평범한 티셔츠에 트레이닝복 바지를 걸친 권진아를 향해 촬영기사가 카메라를 들이댔다.

비포 앤 애프터!

비교 사진이 필요했던 탓이다.

다행히 권진아는 피부 상태가 좋지 못해서 수분 크림만 바른 상태였기에 그대로 촬영해도 무방했다.

그렇게 권진아의 여드름 흉터로 가득한 흉한 얼굴을 찍고 나서 촬영기사는 이번엔 권진아의 세안하는 모습을 촬영하게 되었다.

'이 비누는?'

권진아는 세면대에 놓인 비누를 당황하여 쳐다봤다.

유토피아 비누 광고.

그곳에 나온 비누와 똑같은 형태와 똑같은 색깔이었던 탓이다.

'설마 이것이 연예인 비누?'

하지만 이내 의혹이 깊어졌다.

그녀도 연예인 비누를 구하기가 몹시 어렵다는 것을 익히 알고 있다. 그런 비누가 떡하니 이곳에 있다는 것이 뭔가 의심스러웠다.

게다가 그녀는 명성화장품에서 일하는 공장 직원이었고, 그녀를 이곳으로 데려온 인물은 명성의 간부로 여겨졌다.

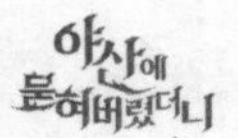

'아무래도 유토피아를 끌어내리기 위해서 이런 짓을 계획한 것 같은데……. 어쩌지? 말을 따르지 않으면 날 직장에서 잘라 버릴 것이 뻔해.'

고민을 하던 권진아는 입술을 꾹 깨물고 거울에 비친 자신의 얼굴을 쳐다봤다.

참으로 보기 흉한 얼굴이다.

세면대에 준비된 비누가 진짜 연예인 비누가 아닌 이상, 세안을 한다고 해도 효과를 보지 못할 것은 뻔했다.

푸우! 푸우!

일단 시킨 대로 따르기로 했다.

물을 틀고 비누에 거품을 내서 얼굴을 씻었다. 그러고는 수건으로 물기를 제거하고 촬영기사를 쳐다봤다.

여전히 흉한 권진아 얼굴 피부.

만일 진짜 연예인 비누였다면 뭔가 변화가 있었을 테지만 가짜 연예인 비누였기에 흉한 것이 사라지지 않은 상태였다.

"좋았어! 오케이!"

짝짝짝짝-!

촬영기사가 권진아가 비누로 세안하는 과정을 모두 찍고 나자, 곁에서 촬영 장면을 모두 지켜봤던 차 이사가 흡족한 표정으로 박수까지 보냈다.

"권진아 씨, 수고 많았어요! 내일 새벽에 배를 타고 해외로 빠져나갈 테니, 오늘은 잡아 주는 숙소에서 지내도록 해요."

"공장은 어떻게 되는 거죠?"

"그곳엔 제가 알아서 처리할 테니 마음 놓고 몇 달 휴가를 받았다는 생각으로 즐기세요. 권진아 씨 통장에 성과급으로 1억이 들어갔을 겁니다. 그리고 해외에서 생활비 명목으로 사용할 카드도 따로 지급될 거고요."

"여권도 없이 해외를 나갈 수 있어요? 저 여권 없는데요."

"그건 걱정 마세요. 내일 새벽에 배를 탈 때 저희가 준비한 여권과 카드를 드릴 테니까요."

"제 여권을 준비해 준다고요?"

"돈이면 안 되는 것이 없는 세상이니까, 여권 정도 위조하는 것은 일도 아니죠."

"위조를요?"

"감쪽같을 테니 걱정 말아요."

권진아가 어이가 없다는 눈으로 차 이사를 쳐다봤다.

이에 차 이사가 야비한 표정으로 다시 말을 이어 나갔다.

"만일 여기서 있었던 일을 세간에 밝힌다면 권진아 씨의 목숨이 위험할 수 있어요. 그러니 이곳의 일은 기억에서 까맣게 지우도록 하세요. 어차피 방금 촬영한 장면에서 권진아 씨의 눈 쪽은 모자이크로 처리될 테니 사람들이 권진아 씨임을 쉽게 알아보지 못할 겁니다."

"……!"

권진아는 넋이 나간 표정으로 협박을 가하는 차 이사를 멍

하니 쳐다봤다.

뒤늦게 빠져나올 수 없는 수렁에 발을 담근 것임을 깨달았지만, 힘이 없는 그녀로선 반항을 해 봤자 통할 리가 만무했다. 억울했지만 모른 척 따르는 것이 신상에 이로울 것이다.

⚜

명성기업 회장실.

볼일을 마친 차 이사가 본사로 돌아와 오장환에게 보고를 했다.

"촬영기사에게 잘 말해 두었으니 오늘밤 넵튜에 공장 여직원이 비누로 세안하는 장면이 올라오게 될 겁니다."

"뒤탈 없게 잘 마무리했겠지?"

"물론입니다! 여직원은 인천 쪽에 모텔을 잡아 주고 사람까지 붙여 놓았으니 문제없을 겁니다. 그리고 날이 밝는 대로 배를 태워서 외국으로 보내 버리면 끝입니다."

"단단히 입막음시켰겠지?"

"절대 함부로 입을 열지 못할 겁니다. 그랬다간 목숨이 위험할 것이라 말을 해 놓았으니까요."

"잘했어! 죽여서 입을 막지 않고 해외로 여행을 시켜 주는 것만도 감지덕지해야 할 거야."

"공장 여직원도 회장님의 은혜를 잊지 않을 겁니다. 하찮은 흙수저 주제에 1억도 받고 해외여행까지 하게 되었으니 말이죠.”

“하여간 넵튜에 비누 세안하는 장면이 올라오면 대중은 가짜 연예인 비누란 것을 모를 테니, 발칵 뒤집혀지겠군.”

오장환은 유토피아를 물 먹일 생각에 벌써부터 기분이 짜릿했다. 광고 경쟁에서 밀린 것을 제대로 분풀이를 해 줄 수 있게 된 것이다.

※

밤이 깊어갔다.

넵튜에 동영상이 올라왔다.

비누로 세안하는 장면인데 여자는 아무런 말이 없고, 동영상과 자막만 올라온 상태였다.

–연예인 비누를 어렵게 구했어요.

–보다시피 제 얼굴이 이 모양이지만, 연예인 비누를 사용하면 효과를 볼 수 있을 거라 믿어요.

–이상하네요. 연예인 비누로 세안을 했는데 효과가 전혀 없어요.

넵튜에 올라온 비누 세안 동영상.

안 그래도 관심이 뜨거웠던 연예인 비누 광고였다.

동영상을 본 대중은 단순하게 비누의 모양과 색이 같다는 것에 그걸 연예인 비누로 착각하게 되었고, 그로 인하여 동영상에 올라온 장면을 진실로 받아들여 연예인 비누 광고가 허위라고 생각하자 유토피아를 맹렬히 비난하기 시작했다.

—연예인 비누 효과 허위!

—광고로 대중을 기만하다!

—허위 광고에 속아 넘어가지 말자!

—비누 효과가 없다는 것에 충격!

—홍○○ 모델! 얼굴 트러블 짜가!

—신생 업체가 돈을 벌려는 수작!

—유토피아에서 생산한 제품들에 대해 불매 운동을 벌이자!

—당장 국민에게 사과하라!

—갤로리아 백화점 유토피아 입점 결사반대!

한편, 이런 대중의 반응에 유토피아에선 비상 회의가 열렸다.

하지만 유토피아 대표 석기.

의외로 침착한 석기의 태도였다.

유승열이 석기를 감탄하며 쳐다봤다.

이런 상황임에도 흔들리지 않고 있다.

대중이 유토피아를 맹렬히 비난하는 분위기에도 침착함을

유지하고 있는 석기의 모습이 대단하게 여겨졌다. 넙튜에 올라온 가짜 연예인 비누 세안 후기. 그것으로 인해 유승열이 찍은 비누 광고가 허위 광고라는 소리에 잔뜩 열을 받은 유승열이 그만 유토피아 회의에 참석하는 열의를 보였다.

석기를 쳐다봤던 유승열이 입을 열었다.

"역시 신 대표님께서 예상하신 대로 일이 흘러가고 있습니다. 전에 옥상에서 즉흥 파티가 벌어진 날에, 파티가 끝나 갈 무렵에 대표님께서 옥상에 모인 이들에게 그런 말씀을 하셨죠. 조만간 연예인 비누를 폄하하는 동영상이 넙튜에 올라올 수 있을지도 모른다고 말이죠. 그리고 그것에 대중이 연예인 비누 광고를 허위라면서 비난할 것이라고 했는데 정말로 그런 상황에 처하게 되었으니 말입니다."

유승열에 이어 구민재도 나섰다.

"대표님이 그런 말씀을 하셔도 설마 했는데 정말로 이런 일이 벌어졌네요. 이건 명성에서 저지른 짓일 겁니다. 우리 연예인 비누가 잘나가는 꼴을 두고 볼 수가 없어서 오장환 회장이 사람을 사주하여 벌인 짓거리가 분명합니다."

구민재는 잔뜩 분노한 기색이다.

누구보다 자신이 개발한 연예인 비누의 효과를 잘 알고 있기에 넙튜에 올라온 영상이 가짜 연예인 비누를 가지고 찍은 것이라는 점에 분통이 터져 참을 수가 없었다.

"맞아요! 연예인 비누가 진짜로 효과가 좋다는 것이 밝혀지면 명성에서 타격을 받을 것이 뻔하니 그쪽에서 그런 비열한 짓거리를 했을 거라고 생각해요. 정말 너무너무 화가 나요! 이건 비누 모델인 저를 국민들에게 거짓말을 하는 사람으로 몰아 버렸어요!"

비누 광고 모델을 했던 홍민아도 잔뜩 흥분했다.

게다가 그녀는 직접 비누를 사용하여 효과를 경험했다.

그랬는데 그걸 뒤집듯이 넵튜에 올라온 가짜 연예인 비누 후기로 인하여 그녀가 거짓말쟁이가 되어 버린 상황이니 분이 가시지 않았다.

"그런데 중요한 점은 넵튜에 올라온 영상을 보니까 비누의 모양과 색깔이 문제네요. 제가 보기엔 유토피아에서 출시할 연예인 비누와 거의 비슷하게 생겼어요. 그런 상황이다 보니 연예인 비누를 사용해 보지 못한 대중으로선 깜빡 속을 수밖에 없는 분위기고요. 이런 분위기로 계속 흘러가게 두었다간 나중에 갤로리아에 입점해도 비누의 매출 실적이 높지 못할 수도 있다는 점이 걱정이네요."

박창수는 잘나가는 비누 광고에 찬물을 끼얹은 넵튜의 영상에 화는 났지만 그나마 지금 상황을 분석하려는 자세를 보였다.

그러자 지금까지 침착한 태도를 유지하고 있던 석기가 테이블에 자리한 이들을 찬찬히 둘러보면서 입을 열었다.

"어차피 예상하고 있던 일이 벌어진 상황입니다. 당황할 필요 전혀 없습니다. 저는 이걸 이용하여 오히려 연예인 비누를 더욱 대중에 어필할 수 있는 기회를 만들 생각입니다."

석기의 말에 유승열이 관심을 보였다.

"신 대표님께서 무슨 좋은 수가 있나 보군요."

석기가 여유롭게 미소를 지어 보였다.

명성의 오장환 회장.

회귀 전에는 오장환에게 당했지만 이제는 그렇게 살 이유가 없다.

그쪽에서 가짜 연예인 비누를 이용하여 유토피아에 엿을 먹일 생각이라면, 그걸 이용하여 연예인 비누의 판을 더욱 대대적으로 띄워 버리는 것도 좋았다. 위기는 기회가 되어 줄 것이다.

"대중을 상대로 공개적으로 연예인 비누를 체험할 수 있는 이벤트를 만들어 볼 계획입니다."

"공개 체험 이벤트요?"

"그렇습니다. 아직 연예인 비누 제품이 시중에 풀리지 않은 상황이니 대중으로선 우리 비누에 호기심을 갖고 있을 겁니다."

모두가 석기를 주시했다.

석기의 말이 다시 이어졌다.

"게다가 넙튜에 올라온 거짓 영상 덕분에 연예인 비누에 반신반의하는 대중도 많을 테니 우리로선 좋은 기회죠. 해서 공개적으로 사람들을 모아 놓고 직접 연예인 비누를 체험해 보게 할 생각입니다. 그러면 참과 거짓은 확실하게 드러나게 될 테고, 우리 비누에 대한 대중의 관심은 더욱 커지게 될 겁니다."

석기가 의도한 바를 눈치챈 유승열이 놀란 표정을 지었다.

"신 대표님! 정말 멋진 방법입니다! 공개적으로 연예인 비누의 가치를 알리게 된다면, 대중도 넙튜에 올라온 거짓 영상이 연예인 비누를 폄하하기 위해 누군가 조작한 영상이라고 여기게 되겠군요."

"그렇게 될 겁니다. 그리고 대중도 바보가 아닌 이상 넙튜에 그런 영상을 올린 곳이 명성이라는 것을 눈치채게 될 거고요."

석기의 말에 흥분한 유승열이 주먹을 꽉 거머쥐었다.

"신 대표님! 이벤트 공개영상을 찍는 것은 저희 제작사에서 도와드리겠습니다."

"그렇게 해 주신다면 저야 너무 감사하죠."

위기를 기회로 만든 석기의 제안에 모두가 흥분했다.

"와아아! 대박!"

"완전 찬성!"

"저도 좋습니다!"

다들 석기에게 박수를 보냈다.

유승열이 석기를 쳐다보며 씩 웃었다.

"이왕 말이 나온 김에 오늘 넵튜에 공개 이벤트에 대한 소식을 올리는 것은 어떨까 싶은데요. 그리고 신 대표님께서 직접 공개 이벤트를 발표하셔도 재미있을 것 같습니다."

유승열이 생각해도 석기 외모는 톱급 연예인을 방불케 했다.

석기가 영상으로 공개 이벤트를 발표한다면, 어쩌면 넵튜에 올라온 거짓 연예인 비누 세안 후기 영상에 대해 대중의 관심이 쏙 들어갈 수 있을지도 모른다.

"저도 대표님을 추천 드려요!"

연예인 비누 모델이기도 했지만 유토피아 기획홍보팀의 팀장인 홍민아가 신난 기색으로 석기를 추천했다. 잘 생긴 석기가 공개 이벤트 발표 영상을 찍는다면, 분명 핫 이슈가 될 것이니 비누 홍보에도 많은 도움이 될 터였다.

"나도 석기 대표님이 찍는 것에 콜!"

"저도 대표님이 좋겠습니다! 지금 같은 상황에선 대중의 관심을 끌 인물이 필요하니까요."

박창수와 구민재도 석기를 추천했다. 석기의 눈부신 외모라면 모델로도 훌륭했기에 말이다.

"알겠습니다. 여러분의 뜻이 그렇다면 제가 발표하죠."

"실내보단 옥상 벤치가 분위기가 괜찮을 테니 그곳으로 자리를 옮기죠. 저는 사무실로 내려가서 카메라를 가져올 테니 여러분 먼저 옥상에 올라가세요."

"그러죠."

유승열이 제작사에 카메라를 가지러 먼저 내려갔고, 나머지 사람들은 죄다 건물 옥상으로 올라왔다.

⊛

건물 옥상 벤치.

그곳이 촬영 장소로 선정되었다.

촬영에 들어가기 전에 석기를 꾸미는 것에 홍민아가 팔을 거둬 붙이고 나섰다.

"대표님! 본판이 훌륭하긴 하지만 이왕 많은 사람들이 보는 넵튜에 올릴 영상이니 제가 조금 손봐 드리는 것도 좋겠어요. 물론 내키지 않으신다면 그냥 찍으셔도 무방하고요."

"그럼 간단하게 해 주세요."

"넵! 맡겨만 주십시오, 대표님!"

옥상에 헤어스타일링 무스까지 들고 온 홍민아의 반짝거리는 눈빛이 살짝 부담스럽기는 했지만, 석기는 그녀의 성의를 생각해서 조금 손질을 받기로 했다.

"어디 보자? 피부는 좋으시니 메이크업은 따로 들어갈 필요 없고 입술에 살짝 틴트만 발라 주죠. 머리는 무스로 앞머리 손질만 좀 들어가도록 할게요."

"그러세요."

홍민아가 석기를 치장하는 데 걸린 시간은 10분 정도로 단숨에 정리가 끝났다. 의상은 현재 석기가 걸친 감색 정장에 노타이로 가고, 와이셔츠의 목 단추를 두 개 풀어 자연스럽게 연출했다.

"준비되셨으면 여기 카메라 한번 봐 주세요, 신 대표님!"

"그러죠."

간단하게 핸드폰으로 찍어도 되었지만 광고제작사 소속답게 유승열은 아예 촬영 장비까지 벤치 앞쪽으로 세팅한 상태였다. 그리고 얼떨결에 옥상으로 따라 나온 스태프 하나가 옆에서 반사등을 들고 대기하기까지 했다. 판이 조금 커진 셈이지만 그래도 실제 광고 촬영과 비교하면 이건 초간편 촬영인 셈이었다.

[오오! 신 대표 비주얼 정말 엄청나군. 모델이라 해도 믿겠어. 언젠가 한번 신 대표를 모델로 찍어 보고 싶었는데 소원성취 했네.]

유승열 속마음이 들렸다.

입꼬리가 위로 쭉 올라간 것이, 석기를 촬영하는 것에 상당히 즐거워하는 기색이었다.

"신 대표님! 광고 촬영하는 것이 아니니 그냥 편안하게 말씀하시면 됩니다!"

"그러죠."

"시작하시면 됩니다."

유승열의 사인에 석기가 카메라를 향해 부드러운 표정을

지으며 준비한 말을 꺼내기 시작했다.

"안녕하세요. 유토피아 대표 신석기입니다. 국민 여러분께서 저희 연예인 비누 광고에 많은 관심을 보여 주셔서 그 점에 대해 진심으로 감사하게 생각하고 있습니다. 제가 이 영상을 찍는 이유는 여러분께 알려 드릴 소식이 있어서입니다."

잠시 호흡을 가다듬을 여유가 필요했기에 카메라를 지그시 쳐다봤던 석기가 다시 말을 이어 나갔다.

"그 전에 국민 여러분께 밝히고 싶은 말이 있습니다. 넵튜에 누군가 비누 세안 후기 영상을 올려 주셨는데, 그건 저희 연예인 비누가 아님을 밝힙니다. 만일 저희 유토피아에서 만든 연예인 비누였다면 반드시 효과가 나타났을 테니까요. 넵튜에 올라온 영상으로 인해 국민 여러분께서 저희 연예인 비누 광고가 허위 광고라고 비난하시고 계신 분들이 있는 것으로 압니다."

석기가 눈에 힘을 주고는 카메라를 똑바로 주시했다.

"해서 저는 넵튜에 올라온 가짜 연예인 비누 세안 영상의 진위 여부를 확실하게 가릴 의도로, 공개적으로 연예인 비누 체험 이벤트를 가질 생각입니다. 공개 이벤트에 참가하실 분들은 내일 저희 유토피아에 찾아오시면 됩니다. 오후 2시부터 4시까지 2시간 동안 공개 체험 이벤트를 가질 계획이니 많은 관심 부탁드립니다."

촬영이 끝났다.

유승열은 석기를 찍은 영상을 확인했지만 편집을 거칠 필요가 없다는 것에 그대로 넵튜에 올렸다.

※

넵튜에 올라온 석기 영상.

유토피아에서 진위 여부를 가리고자 연예인 비누 공개 체험 이벤트를 한다는 소식에 수많은 대중이 뜨거운 관심을 보였다.

특히 미용에 관심이 있는 젊은 여성들이 즐겨 이용하는 사이트에서는 석기의 영상이 핫 이슈가 될 정도였다.

—유토피아 대표 완전 내 취향! ㅎ

—레알 얼굴천재시더라!ㅋㅋㅋ

—연예인 비누 광고! 대표가 찍어도 먹혔을 듯~ㅋㅋ

—인정!

—연예인 비누 써서 잘생기심?

—피부 생얼 같던데 장난 아님~

—대표 얼굴 보러 꼭 가야겠다~ㅎ

석기의 외모를 칭찬하는 댓글이 장난 아니게 올라왔다.

그리고 연예인 비누 공개 체험 이벤트에 대한 관심도 뜨거웠다.

—넵튜 올라온 비누 세안 후기! 그것에 대한 진위 여부를 가릴 의도로 유토피아 대표가 공개 체험 이벤트를 한다는데 꼭 참석해야겠다!

—공개 체험 이벤트까지 하려는 것을 보면 그쪽 대표 말이 맞을 수도 있겠네여~

—만일 가짜 연예인 비누로 세안 후기 올린 거면 이건 누군가 고의적으로 유토피아 물 먹이려는 수작이 분명하다!

—유토피아 대표 자신감 쩔던데! 내일 유토피아에 가 보면 확실하게 진위 여부를 가릴 수 있겠네여~

—피부 안 좋은 사람 내일 모두 유토피아를 찾아가겠네!

—나도 내일 유토피아 고고!

—공짜로 연예인 비누 체험할 수 있는 좋은 기회인데 나도 빠질 수야 없지!ㅎㅎ

대중에 연예인 비누 공개 체험 이벤트를 내건 석기의 의도가 통했다.

그걸 올리기 전까지만 해도 가짜 연예인 비누 세안 후기로 인하여 대중이 유토피아를 저격하는 분위기였지만, 그것이 석기 영상이 올라온 후로 백팔십도로 달라졌다. 공개적으로 연예인 비누 체험 이벤트를 갖는다는 것에 대중이 더욱 연예인 비누에 뜨거운 관심을 보이게 된 것이다.

※

명성기업 회장실.

분노로 가득한 오장환 표정이다.

명성화장품 공장을 다니던 여직원 권진아를 이용하여 넙튜에 가짜 연예인 비누 세안 영상을 올린 것까지는 정말로 좋았다.

그런데 유토피아를 저격했던 대중이 하루아침에 다시 유토피아 편으로 돌아선 것이다.

이유는 유토피아에서 대중에 연예인 비누 공개 체험 이벤트를 선포한 탓이다.

그로 인하여 지금 인터넷에 올라온 글들이 온통 유토피아의 공개 체험 이벤트에 관한 얘기로만 도배가 되다시피 하고 있었다.

이벤트가 진행된다면, 넙튜에 올렸던 권진아 비누 세안 영상이 허위라는 것이 밝혀지게 될 것이란 점에 뭔가 대책이 필요했다.

똑똑!

밖에서 노크 소리가 들렸다.

차 이사를 회장실로 호출한 것이다.

명성 입장에선 시급한 상황이긴 했다.

하지만 이번 일은 직원들을 불러 놓고 대책 회의를 할 수가 없는 상황이었다.

"부르셨습니까, 회장님!"

"그쪽으로 앉아."

소파에 기대앉은 오장환의 턱짓에 차 이사가 조심스레 회장의 맞은편 소파에 자리했다.

차 이사는 오장환이 왜 자신을 호출했는지 알고 있기에 똥줄이 타는 심정이었다.

오장환의 지시에 권진아를 이용하여 넙튜에 가짜 연예인 비누 세안 영상을 올려 유토피아를 엿 먹이는 일을 성공했다고 여겼는데, 하루아침에 그것이 뒤집어진 상황이 되었으니 말이다.

"유토피아에서 연예인 비누 공개 체험 이벤트를 한다고 야단법석을 떨고 있다지?"

"그, 그렇다고 들었습니다."

"신석기 그놈이 칼을 간 모양이야! 이벤트를 막을 방법을 찾아내!"

"죄송합니다, 회장님! 이미 이벤트 건은 세간에 떠들썩하게 밝혀진 상황이라 막을 수가 없습니다. 또한 우리가 사주한 인물을 그곳에 보낸다고 해도, 비누가 정말 효과가 있다면 아무런 도움이 되지 못할 겁니다."

오장환 눈빛이 사납게 곤두섰다.

"유토피아 비누가 정말 효과가 있다면 갤로리아 매출 싸움에서 우리가 패할 수도 있어! 그러니 무슨 수를 쓰더라도 이벤트가 진행되지 못하게 막아야만 해!"

차 이사는 오장환 비위를 건드리지 싫지 않았다.

하지만 아무리 머리를 굴려 봐도 방법이 없었다.

"죄송합니다, 회장님! 저도 그 점은 잘 알고 있지만 지금으로선 방법이 없습니다. 내일 행사가 진행되는 도중에 천재지변이 일어나서 유토피아가 입주한 건물이 지진으로 와르르 무너져 내리지 않는 이상은 도저히 행사를 막을 방법이 없습니다."

"빌어먹을! 가짜 비누 세안 영상을 넙튜에 올려서 효과를 본다 싶었더니만……!"

쾅-!

차 이사의 방법이 없다는 말에 분노한 오장환이 격한 감정을 추스르지 못해 그만 테이블을 주먹으로 내려쳤다.

지금 심정 같아선 유토피아가 입주한 건물을 폭파시켜 박살을 내 버리고 싶을 정도였다.

하지만 그런 과격한 방법을 썼다가 사건이 크게 이슈화라도 된다면 유토피아와 앙숙 관계인 명성이 가장 먼저 도마에 오르게 될 테니 결코 좋은 방법은 아니었다.

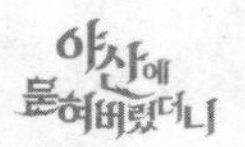

그리고 10층짜리 건물을 폭파하려면 그에 걸맞는 해결사가 필요한데, 지금 당장 그런 해결사를 고용하는 것도 쉽지 않은 일이었다.

그러던 순간.

오장환 눈빛이 반짝였다.

"가만, 그놈들 이벤트 행사를 중지시키려면 건물이 아니더라도 상관이 없겠군."

"그게 무슨 말씀이십니까?"

차 이사가 의아한 눈으로 쳐다보자 오장환이 테이블을 톡톡 두드리며 회심의 미소를 머금었다.

"차 이사! 연예인 비누를 개발한 놈이 경기도 양평 쪽에 거주한다고 했던가?"

"유토피아 연구팀장 구민재 말씀인가요?"

"구민재?"

"구민재는 과거에 천운그룹 비서실장을 지냈던 구용우란 노인네 아들입니다."

"천운그룹이라면…… 지금은 도산해서 없는 기업 아냐?"

천운그룹을 언급한 오장환의 눈빛이 살짝 흔들렸지만, 금방 본래 눈빛으로 돌아왔기에 차 이사는 별반 대수롭지 않다는 기색으로 대화를 이어 나갔다.

"그건 그렇습니다. 하여간 구용우 아들이 얼굴에 화상을 심하게 입은 상태였는데 그걸 유토피아 대표가 치료를 해 준

관계로 유토피아를 위해서 일하게 되었다는 말도 있습니다. 한데 갑자기 구민재는 왜 언급하신 겁니까?"

"그놈도 행사에 참여하겠지?"

"비누를 직접 만든 인물이니 참가할 거라 생각합니다."

"그놈을 납치해!"

"구민재를 납치하라고요?"

차 이사가 당황하여 오장환을 쳐다봤다. 그런 오장환의 눈동자가 비열하게 번들거렸다.

"유토피아에서 연구팀장이라면 중요한 인물일 테니 잘되었군. 좋아! 그놈을 인질로 삼아서 공개 체험 이벤트를 못하게 막아야겠군."

차 이사가 조심스레 입을 열었다.

"그쪽에서 경찰에 알리면 일이 커질 겁니다."

"경찰에 알리지 못할 거야. 알리면 구민재를 죽이겠다고 나오면 되니까."

광기로 번득이는 오장환의 눈빛에 차 이사는 식은땀이 흘러나왔다.

"그렇게 되면 납치한 것이 명성에서 한 짓임을 스스로 밝히는 꼴이 되지 않겠습니까?"

"그래도 상관없어! 적당한 직원을 하나 물색해서 이번 일을 책임지게 만들면 돼. 과잉 충성심으로 저지른 짓거리로 만들어 버리면 뒤탈이 없을 거야."

"……!"

차 이사의 표정이 굳어졌지만, 반대로 오장환의 눈빛은 더욱 비열하게 번들거렸다.

"재미있지 않겠어? 세간에 공개적으로 체험 이벤트를 한답시고 떠들어 놓고 그걸 진행하지 못하게 된다면 욕을 먹는 것은 우리가 아니라 유토피아가 될 거야. 대중은 유토피아에서 술수를 쓰려다가 자신이 없어서 행사를 취소한 것으로 알게 될 거고. 그렇게 되면 신뢰를 잃은 유토피아는 대중에 외면을 받을 테니 결국 회사 문을 닫게 되는 수밖에 없어."

오장환은 자신이 생각해 낸 방법이 아주 마음에 드는지 희열에 넘치는 기색이다.

"이번 일은 신석기 그놈이 스스로 무덤을 판 격이야. 넙튜에 올린 가짜 비누 세안 영상으로 유토피아를 물 먹이려던 것이 도루묵이 되었다고 생각했는데, 이렇게 유토피아를 망조의 길로 들어서게 만드는 기회가 생겼으니 말이지. 크하하하!"

오장환이 광기 어린 웃음을 터트렸고, 그런 오장환을 바라보는 차 이사의 등줄기로 식은땀이 흘러내렸다. 원하는 목적을 달성하기 위해 직원을 방패막이로 사용하는 것을 당연시하는 오장환 회장이 두려워진 탓이다. 아직은 쓸모가 있기에 그를 곁에 두고 있지만, 언젠가는 그도 오장환에게 팽을 당할 것은 기정사실이었기에 말이다.

"빨리 서둘러! 지금 당장 해결사를 경기도 양평으로 보내. 무슨 일이 있어도 내일 행사가 시작되기 전에 구민재를 손에 넣어야만 해. 지금으로선 이 방법밖엔 없어!"

"아, 알겠습니다!"

차 이사가 자리에서 일어섰다.

공개 체험 이벤트를 막을 다른 방법이 없었기에 오장환의 지시를 따르는 수밖에 없었다.

"그리고 참."

"네에?"

"넵튜 영상 찍은 여자 말이야."

"권진아 직원 말인가요?"

"지금 어디에 있지?"

"지금은 중국에 있을 겁니다만, 왜 그러시죠?"

차 이사의 의문에 오장환의 입가에 비열한 미소가 맺혔다.

"그곳을 지키고 있는 놈들에게 여자를 처리토록 시켜."

"권진아를 죽이란 말인가요?"

"그게 좋겠지. 중국에서 처리하면 문제도 없을 테니 잘되었군. 안 그런가?"

"그, 그렇습니다만, 살려 주기로 약속하지 않으셨습니까?"

"더는 쓸모없는 존재야. 살려주면 나중에 괜한 잡음이 생길 우려가 있어. 처리하는 것이 답이야."

"아, 알겠습니다. 그럼 저는 이만 나가 보겠습니다."

"그래, 수고해."

허둥지둥 회장실을 빠져나온 차 이사의 눈빛이 어둡게 가라앉았다. 오장환의 오늘 지시는 부담스러웠다. 차 이사를 믿고 중국으로 떠난 여직원이었는데, 이제 쓸모가 없어졌으니 그녀 목숨을 앗으라는 것이다.

오장환 측근이 되고 나서 처음에는 아주 살맛이 났지만 이제는 갈수록 오장환을 대하는 것이 부담스러웠다. 차라리 예전에 오장환의 측근이 되기 이전의 상태가 훨씬 마음이 편했다.

옥상으로 올라와 담배를 한 대 피운 차 이사가 핸드폰을 꺼냈다.

"나야. 주소 보내 줄 테니 지금 당장 경기도 양평으로 가서 구민재란 인물을 납치해 와. 인질로 사용할 인물이니 크게 다치지 않게 해."

국내 해결사들에게 구민재를 납치하는 것을 사주한 차 이사가 이번엔 중국에 나가 있는 해결사에게 연락을 하려던 순간.

그가 동작을 멈추었다.

권진아를 죽이는 것.

마음이 편치 않았다.

경기도 양평 연구실.

회의에 참석했다가 다시 양평 연구실로 돌아온 구민재.

밤이 점점 깊어 가고 있었다.

내일은 회사로 출근해야 했기에 연구실에서 나온 구민재가 건물 밖의 주차장으로 향했다.

차에 올라타려던 순간.

퍼억!

누군가의 기습으로 뒤통수를 얻어맞은 구민재가 바닥으로 쓰러졌다.

"차에 실어!"

승합차 한 대가 주차장으로 들어와 멈춰 섰고, 쓰러진 구민재를 사내들이 승합차에 태워선 쏜살같이 일대를 벗어나기 시작했다.

새벽.

구 노인에게서 연락이 왔다.

"어르신! 그게 무슨 말씀이죠? 구민재 씨가 집에 들어오지 않았다고요? 핸드폰도 받지 않고요?"

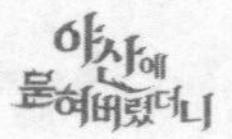

–혹시 서울에서 자고 오는가 싶어서 연락드렸습니다. 우리 민재 그곳에 없는 건가요?

“제가 박 부장에게 연락해 보겠습니다. 어쩌면 그곳에 있을지도 모르니까요.”

–기다리고 있겠습니다. 새벽에 이런 연락드려서 죄송합니다, 선생님. 어제 꿈자리가 뒤숭숭해서 말이죠.

“걱정 마세요. 별일 없을 겁니다. 근데 혹시 연구실은 가 보셨나요?”

–네. 연구실도 가 봤는데 불은 꺼진 상태고 아무도 없었습니다.

구 노인과 통화를 마친 석기는 얼른 박창수에게 연락했다.

간혹 서울서 자고 갈 때 박창수 오피스텔을 이용했던 구민재였기에 그곳에 있을지도 모른다고 생각했다.

“창수야, 자는데 깨워서 미안한데. 혹시 그곳에 구민재 씨 있어?”

–구민재 씨는 회의 끝나자 양평 연구실로 갔잖아. 근데 왜 갑자기 구민재 씨를 찾아?

“아냐, 그만 자라.”

–혹시 구민재 씨에게 무슨 문제 생겼어?

“그게…… 어르신께 연락이 왔는데 구민재 씨가 집에 돌아오지 않았대. 연구실에도 가 봤는데 없고, 핸드폰도 안 받고.”

–뭐야? 납치된 건가?

"납치?"

그 얘기를 듣자 석기의 가슴이 철렁 내려앉았다.

연예인 비누 공개 체험 이벤트.

그걸 진행하게 될 경우 명성이 타격받을 것은 뻔했다.

넙튜에 올라왔던 가짜 연예인 비누 세안 영상이 명성에서 수작을 부린 경우라면, 대책이 시급한 상황이긴 했다.

'그렇다고 사람을 납치해?'

석기의 눈빛이 차갑게 번득였다.

구민재가 갑자기 사라진 것이 명성에서 저지른 짓거리일 것이라 생각하고 있었기에.

일단 구민재 소식을 걱정스레 기다리고 있을 구 노인에게 전화를 걸기로 했다.

경찰에 연락해도 곤란했다.

구 노인은 구민재가 납치되었다고 하면 크게 놀랄 테니 거짓말로 둘러대는 수밖에 없었다.

"어르신! 구민재 씨 박 부장님 오피스텔에서 자고 있다니 염려 말고 주무세요. 내일 이벤트 행사 때문에 이것저것 준비할 것이 많다 보니 다시 서울로 올라온 모양입니다."

-알겠습니다. 선생님도 너무 걱정 마시고 주무세요.

구 노인과 통화가 끝나자 석기는 주먹을 꽉 움켜쥐었다.

명성에서 정말로 구민재를 납치한 것이 확실하다면 납치한 이유야 뻔했다.

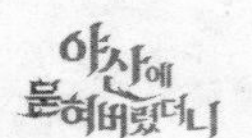

연예인 비누 공개 체험 이벤트.

그걸 막을 생각일 터.

이벤트가 진행된다면 연예인 비누 광고가 허위가 아니라는 것이 밝혀질 테니 명성으로선 몸이 달았을 것이다.

그때였다.

웅웅!

핸드폰이 울렸다.

처음 보는 번호.

구민재 납치와 연관이 있는 연락일 것이 분명했다.

통화로도 속마음을 읽을 수 있으니 그 능력을 십분 활용하기로 했다.

다음 권으로 이어집니다